義妹生活
三河ごーすと
illust Hiten

（ふぅん、浅村くんも
この番組好きなんだ。
私も見たかったし、ちょうどいいかも）
Saki Ayase
綾瀬沙季

（視線が気になる…
好きな番組の趣味が悪いと
思われてる、のか…？）
浅村悠太
Yuta Asamura

「私の下着は視線を
奪われるほど魅力的だった、と」
「別にそこまでは」

「じゃあ、魅力なし……と。へーえ」
「素直にそういう欲望が
ないかと言えばウソになる、かな」
「ふーん。欲望はあるんだ」

体育の義妹

夜の義妹

「電話？
出ていいよ。私、束縛するような
趣味ないから。目の前で電話されても
気にならない」
「洗濯した後の
コレなんてハンカチと
ほとんど同じでしょ」
「浅村くん、仲の良い
女の人とかいたんだ」
「てっきり女嫌いなのかと思ってたからさ」
綾瀬沙季
Saki Ayase

義妹生活

三河ごーすと

MF文庫J

綾瀬沙季
あやせ さき
高校二年生。親の再婚で悠太の義妹となる。派手な格好のため不良生徒だと思われており、クラスでも浮き気味。
「恩を売っておいた方がそのうち返してもらえるかもだし。Win-Winだよ」
「全人類がドライにやれたらラクなのにね。私と浅村くんみたいに」
「おーー！ ウワサのお兄さん！ ホントに隣のクラスの浅村くんなんだーっ！」
浅村悠太
あさむら ゆうた
高校二年生。親の再婚で沙季の義兄となる。普通の高校生だが、どこか他人と距離を置いている。活字中毒レベルで本が好き。
奈良坂真綾
ならさか まあや
沙季のクラスメイト。常に元気でお節介焼きで、孤立している沙季を見かねてウザく絡んでいくうちに友達になった。

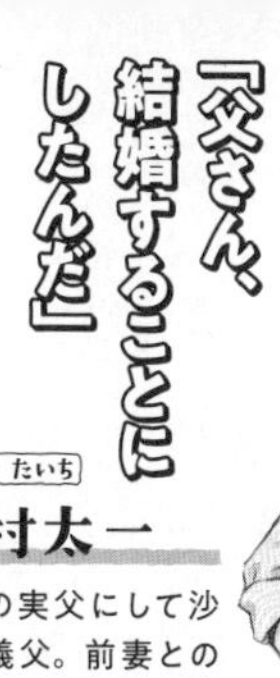

あさむら たいち
浅村太一

悠太の実父にして沙季の義父。前妻との間にいろいろあって離婚し、綾瀬亜季子と再婚する。悠太や沙季との関係は良好。

「妹ができたんだろ？ このお兄ちゃんめ」

丸友和
まる ともかず

悠太のクラスメイト。悠太にとってほぼ唯一とも言える学校の友人。野球部員でありオタクでもある。

「いつもありがとねぇ。
ホント、後輩君は頼りになるよう」

よみうり しおり
読売栞

大学生。悠太のバイト先である書店の先輩アルバイト。世話焼きな先輩として悠太の「妹との関係」を応援している。

「うふふ。
太一さんから話は
聞いていたけれど、
本当にしっかり
してるのね」

あやせ あきこ
綾瀬亜季子

沙季の実母にして悠太の義母。元夫との離婚後、精力的に仕事に励み、再婚するまで女手ひとつで沙季を育ててきた。

Contents

Days with my Step Sister

〔口絵・本文イラスト〕Hiten

これは、昨日まで他人だった俺と彼女が本当の〝家族〟になるまでの物語――

●プロローグ

これは実際に体験した俺だからこそ言えることだが、義理の妹という存在は只の他人だ。

高校二年生でその真理にたどり着いたのは思春期男子として最低の不幸で、いち家族として最高の幸運だった。漫画やラノベやゲームでは血がつながっていないことを免罪符に平気な顔で恋愛対象ヒロインとなり、紆余曲折を経て男女として結ばれる。そんな創作を真に受けたまま妙な期待をして日々を過ごしていたら絶対に痛い奴になっていたし、「兄は妹を守るものだ」なんて主人公らしいロールを押しつけられていただろう。

現実は違う。

世の男どもが妄想する義妹と本物の義妹がどう違うかというと、たとえば夜、書店でのバイトを終えて家に帰ってきた俺とソファに座って温かいココアを飲んでいた義妹の会話はこうだ。

「おかえり、浅村くん」

「ただいま、綾瀬さん」

以上。

ご理解いただけただろうか？

そこには語尾に甘ったるい砂糖をまぶした「お兄ちゃん♪」もなければ、蛇蝎の如く兄を嫌う「は？　クサいんですけど、話しかけんなクソ兄貴」もなく、フラットで常識的な他人同士の挨拶があるのみだ。

赤の他人に対して過剰に甘えるのもヘイトを撒き散らすのも、どちらも等しく非現実的。

俺と義妹の関係にドキドキもイチャイチャも過度な尊敬も依存もあるはずがない。生まれてから十六年間、一切のまじわりなく生きてきた相手に、はい明日から家族ですと言われたところで特別な感情を抱けというほうが無理だ。

偶然、二年連続で同じクラスになったクラスメイトのほうがよほど親密度が高いだろう。


俺、浅村悠太、今年で十六歳。高校二年生。

この齢にしてなぜ俺に義理の妹ができてしまったかといえば、ひとえに親父が「元気」だったから。よくもまああんな目に遭いながら再婚なんてする気になったと、心の底から尊敬する。

物心ついたときから喧嘩ばかりの両親を見て育ってきた俺は、親父に離婚すると聞かされたときはそりゃそうだろうなと思ったし、自分の甲斐性の無さのせいだと頭を下げられたときは、いやいや母親の浮気が原因って知ってるしと冷めた気持ちで聞いていた。

以来、女という生き物に特段の期待をしないように生きてきた俺は、ある日の放課後、親父に唐突に打ち明けられた。アルバイト先の書店へ向かうべく、自転車の鍵を取り出しながら玄関でスニーカーに足を突っ込んだタイミングで。

「父さん、結婚することにしたんだ」

「は？」

「相手は包容力たっぷりの美人なお姉さんだし、良いよね？」

「修飾語で語られてもどんな人かわからんし。良いも悪いも判断できないんだけど」

「上から92、61、90」

「数字で語ればいいって話じゃないような……。新しい母親の初情報としてスリーサイズを明かされる息子の気持ちを考えてよ」

「スタイル抜群のお母さんができて嬉しいでしょ」

「いや、特には」

「そんな……！　性欲に流されないなんて、本当に思春期なのかい？　前々から枯れてるとは思ってたけど」

「おいおい」

息子に対して酷い印象だな、とツッコミを入れた。

女に何も期待していないと言うとよく誤解されるのだが、俺はあくまでも女の人間性に期待していないだけで、裸の女性を見れば興奮するしプールの授業で水着の女子を見ればムラムラくらいはする。

ただ親父の恋人――これから母親になるかもしれない相手に性欲を滾らせるほど、節操なしではないだけだ。

「けど、四十にもなってよく出会えたね。相手は職場の人？」

「上司に連れて行かれたお店で働いてたコなんだよ。酔い潰れてた僕を甲斐甲斐しく世話してくれてねえ」

「それ、騙されてるんじゃ……」

夜の女は悪人、なんてステレオタイプのイメージに縛られるつもりはないが、一度女に痛い目に遭わされている親父に言われると、妙に負の説得力があった。

「大丈夫だよぉ。亜季子さんだけはそんなことないから。あっはっはっはー！」

騙される人間の常套句みたいな台詞とともに高笑いする親父に、俺はあきれ返った。

それでも反対はしなかった。

「親父が幸せなら何でもいいよ。俺は、いままで通りやるだけだから」

期待しないとは、そういうことだ。新しい母親を交えた新しい生活に何も期待していないのだから、もし騙されていたらとか、不幸になったらとか、そういうマイナスの想像もしない。なるようになるだろとしか、そのときの俺は考えていなかった。

「いやいままで通りとはいかないよ。妹ができるんだし」

「は？　妹？」

「そう、妹。亜季子さんの娘さん。写真を見せてもらったけど、可愛かったなぁ」

どうやら相手の女性とは互いにバツイチ、再婚同士。そんな境遇が似ていたところも、惹かれ合った理由のひとつらしい。

「ほらこれ。可愛いでしょ」

「あー……まあ、たしかに」

テンション高く掲げられたスマホに映し出されたのは、小学校低学年ほどのあどけない顔立ちの女の子だった。児童向けに翻訳された海外のファンタジー小説を膝の上に拡げている。人見知りなのか、カメラを見る目はどこか照れくさそうだ。

「おめでとう。これで悠太もお兄ちゃんだ！」

「にこやかに親指立てられてもな。……まあ、可愛いのは間違いないし、悪い気はしないけど」

年頃の妹は面倒くさいイメージがあったが、小学生なら話は別だ。ことわっておくが、ロリコンではない。十近く歳が離れていれば特に気を遣うこともないだろうという安心感があるだけだ。可愛いとは思うがロリコンではない。可愛いとは思うが。

「で、今日、夜９時くらいに顔合わせするから。バイト終わったら近くのロイヤルホストに来てほしい」

「ずいぶん急だな……」

「いやぁ。言おう言おうと思い早一ヶ月。うっかり約束の日まで言い出せなくて」

「先送りにも程があるだろ！」

「いやぁ。面目ない」

こういう親父なのである。こめかみ辺りを細い指でポリポリ掻く親父の、頼りないが人の好さが滲み出る苦笑を見て俺は、はーっとため息をついた。

「わかったよ、行くさ。深夜に遊び歩く不良息子じゃなかったことに感謝しろよ」

「そこは最初から心配してないよ。信用してるからね」

本当に、どこまでも人の好い親父なのだった。


新しい母親。新しい妹。新しい家族。

そんな言葉をモヤモヤと頭に浮かべながら俺は、作業がおざなりだよとバイト先の先輩（美人）に指摘されつつもどうにか仕事をやり過ごした。

デボラ・ザック曰く、マルチタスクは愚の骨頂、一点集中してこそ成果は上がる。自分はいまおそらく小学生であろう妹とのファーストコンタクトをいかにして成功させるかに集中すべきであり、ゆえに仕事は半自動的に処理したのだと主張したら先輩に怒られた。

その本を教えてくれたのは先輩なのに理不尽だと思った。

だけどシフトを終えて帰るときには、「決めておいで、お兄ちゃん！」と背中を叩いてくれたから、やはり先輩は良い人なんだろう。

夜の渋谷。バイト先の書店から道玄坂を自転車で数分上がると、指定されたファミレスに着いた。この時間帯は混雑するらしく、入口は若い女性の団体客であふれていた。漏れ聞こえてきた会話の内容は、いま付き合っている彼氏に対する愚痴だった。

服がダサくてキモい、女性経験が浅くて女心がわからない——そんなことを、肌を浅黒く焼いて、派手な服を着て、髪を前衛的に盛り上げた女性が言っていた。

あの、お姉さん。なかなかダサいお姿ですが大丈夫ですか？　というか不満があるなら本人に直接言わないと無意味ですよね？

なんて言えるはずもなく彼女たちの横をすり抜け、俺はすでに店内にいるらしい親父からのＬＩＮＥにしたがって座席を探した。

　ああいう派手な人種の、しかも男に過剰な期待をかけるような女性とは生涯お近づきになりたくないものだ。これから出会う妹が小学生でよかった。断じてロリコンではないが。これから彼女がああいう人種に育たないことを、期待はせずともひっそり祈ることにしよう。

「おーい、悠太。こっちこっち」

　店内を見渡している俺に気づいたのか、窓際の席で親父が手を振って呼んでいた。

　他の客の注目を浴びるばつの悪さを感じて目を伏せながら俺は気持ち早足で席に向かう。

　――違和感の芽は、この時点でもう顔を出していた。

　一歩進むごとにそれは脳内でむくむく成長していき、親父の前の席に座る新しい家族の姿がハッキリ見えるにつれて根を張り茎を伸ばし、座席に到着したときには混乱という花が咲き誇っていた。

　おかしいだろ。これは、いったいどういうことだ？

「はじめまして～。きみが悠太くんね。バイトで忙しそうなのに、こんなところに呼び出しちゃって、ごめんなさいね」

「い、いえ。息子の浅村悠太です。あなたは、父の……」

「綾瀬亜季子と申します。うふふ。太一さんから話は聞いていたけれど、本当にしっかりしてるのね」

困惑し立ち尽くす俺へと最初に声をかけてきた女性——綾瀬亜季子と名乗った女性は、親父の名を親しげに呼びながら幸せそうに微笑んだ。

やや童顔ながらも表情や眼差しからは大人の色香が感じられた。包容力たっぷりの美人なお姉さんという親父の形容には、ひとにぎりほどの誇張もなかった。

夜の街に咲くたんぽぽのような人だと思った。

だけど俺の混乱の元凶は、そんな絶世の美人、亜季子さんではなかった。

俺が目を奪われ、釘付けになっていたのはその隣。なるほど写真の面影がある。彼女がこれから妹になる女の子なのだろう。しかしその姿は俺の想像とはまるで違っていた。

「ほら、あなたもご挨拶するのよ～」

「うん」

出来の良い置き物みたいに背筋を伸ばして座る女の子は明るい色に染めた髪を掻き上げ、銀色に鈍く輝くピアスを覗かせながら、俺に不思議な笑みを向けてきた。

「はじめまして、綾瀬沙季です」

「え、あ、はい。浅村悠太です。はじめまして」

礼儀正しい挨拶に対し、こちらも自然と背筋が伸びる。

——全然違うじゃないか。

たしかに面影はあるのだ。写真で見た小学生の女の子と同一人物だと言われたら、秒で納得できる。

ただし、それが十年前の姿なのだと言われたら、だが。

半ば圧倒されながら、俺は綾瀬沙季の姿を見る。小学生などではあり得ない、むせ返るほどの「女」がそこにいた。

髪型こそ奇抜でなくロングヘアを綺麗にまとめているが、髪色は派手、手首にアクセ、耳ピアス、私服も下品でない範囲で肩を出すワンショルダートップス。店内の光の加減のせいでいまいちわかりにくいが、おそらくメイクもばっちり決めている。

オシャレで完全武装した今風の女子。俺の人生で交わることなどないと思っていた、陽の世界に生きるJKそのもの。

それでいて初対面の俺に対する態度は極めて常識的な大人の余裕がたっぷりで、ボタンを微妙に掛け違えたような違和感さえあった。

俺は二の句が継げぬままソファ席に腰を落とし、隣に座る親父に耳打ちする。

「なあ、話が違うんじゃないか？」

「いやあ僕も今日初めて会ってビックリしたよ。写真だと小学生だったのに」

「ホントだよ。どう見ても俺と同年代じゃないか」

「同い年だってさ。今年で十六歳。高校二年生」

「それはもはや妹ですらないのでは」

「悠太の方が誕生日が一週間早いんだよ」

「一週間」

たったの一週間。それはどう言い繕ったところで、ただの同い年である。想像していた気遣わなくていい気楽な妹像が、ガラガラと音をたてて崩れていく。

「まぎらわしくてごめんなさいね。沙季ってば、大きくなってから全然写真を撮らせてくれなくて。見せられるのは昔の写真しかなかったのよ〜」

俺と親父の会話を耳ざとく察した亜季子さんは、頬に手を当て隣の娘を流し見て、当てつけのようにそう言った。

自分も写真が億劫なタイプだからその気持ちは理解できる。むしろ理解できないのは、娘の紹介をするときに幼い頃の写真を見せる亜季子さんのほうだ。どう考えても、常識的な感性からずれていると断言できた。

「私、目つきが悪いせいか写真うつりが悪くって」

「は、はあ。そうなんですか」

困ったように微笑してみせた沙季――綾瀬さんの顔は、世間一般の価値基準に照らし合わせて美人だ。

俺みたいに別に顔に自信のない野郎ならともかく、彼女が写真を避けるのはあまりピンとこない。

もっとも、それは心の中にしまっておく。美人なら写真に怖気づいたりしないという俺の勝手なイメージを、彼女に押しつける気はなかった。

綾瀬さんは胸に手を置いて言う。

「でも、安心したな」

「何がですか？」

「これから共同生活を送る相手なのに、怖い人だったらどうしようと思ってたから」

「どうなんですかね。本当に怖い人は優しい顔をしてる気がしますけど」

「太一さんからさっきまでいろいろ聞いてたから。ほとんど毎日バイトして大学の学費を貯めてるとか。真面目な人なんだろうなって」

「つい十数分前にバイト先の先輩から不真面目を怒られてきましたが」

「成績優秀だとも」

「頭のいい犯罪者って多いですよね」

「あはは」

口元を手で隠して綾瀬さんは控えめに笑ってみせた。

俺たちの会話をはらはらした様子で見守っていた両親も、それを見てホッとしたように笑う。

どうやら義妹とのファーストコンタクトはうまくいったらしい。

事前シミュレーションとはだいぶ違っていたけど、我ながらナイスな対応力。このぶんなら当たり障りのない関係を築いていけそうだ。

そうして終始なごやかなムードのまま浅村家、綾瀬家両家の顔合わせは進み、夜の10時を過ぎたところで明日も早いからと解散することとなった。

親父と亜季子さんが会計とトイレを済ませてから出ると言い、俺と綾瀬さんだけが先に店の外に出て待つことになった。

深夜でも尚喧騒が止むことのない道玄坂。高い声で客引きするキャッチ、酒に酔って甲高い声を上げる派手な男女を見て、俺は隣にいる「妹」をちらりと見た。

彼女のド派手な外見は、いままさに渋谷を歩いている人々と何ら変わらない。俺が一生かかわらないだろうと思っていた「女」そのものだ。

けど、さっきのファミレスでの会話は彼女の深い知性を感じさせるものだった。

外見はあくまで外見。性格や礼儀とは関係ない。そういう単純な話ならわかりやすくていいのだけれど。

でもこの「妹」の友好的な態度にはそれだけじゃない、何か言葉にしがたい違和感のようなものがつきまとっていた。

そしてその違和感の正体は、すぐに判明した。

「ねえ、浅村くん。お母さんたちが出てくる前に、話しておきたいことがあるんだけど」

「親に言えないこと？」

「そう。もっと言うと、浅村くんにしか言えないこと」

「あんな短い会話でそこまで信頼を獲得したんですか。すごいな、俺」

「そのユーモア、話し方、表情、でもそのどれにも強い熱を感じない。だからたぶん、私の言葉も正確に理解してくれると思って」

「あー……」

なるほど。つまるところ彼女は俺と似たタイプ。さっきまで感じていた違和感も、それで説明できるわけだ。

そして彼女は口にした。後から振り返ってみれば、このときの彼女の言葉が、俺たちの兄妹（きょうだい）関係を決定的に定義してしまったんだろう。

「私はあなたに何も期待しないから、あなたも私に何も期待しないでほしいの」

この意味、あなたなら正確に理解できるよね？

彼女はそう言うと、瞳に俺の顔をしっかりと反射させて返事を待った。

答えなんて決まっていた。

人によってはとても冷たい三行半（みくだりはん）に聞こえるかもしれないその言葉は、俺にとっては何よりも誠実な人間関係（スタンス）の提案だったのだから。

「安心したよ。いま、初めてね」

「うん、私も。いま、初めて」

「是非そのスタンスでやっていこう、綾瀬さん」

「ありがとう、浅村くん」

こうして俺、浅村悠太と、義理の妹、綾瀬沙季の関係は始まった。

●6月7日（日曜日）

「ようこそ我が家へ！　……何か違うな。――これからひとつ屋根の下だね！　……さすがにキモすぎるか。うぅーむ」

積み上がった段ボール、昨日届いたばかりの真新しい家具を横目に、俺は姿見とにらめっこしながら一人芝居を繰り返していた。

夕方、午後5時ごろ。

日本で最も偏差値の高い住宅街（誇張表現）にあるマンションの三階、その一室。

3LDK。

男二人では広すぎたこの家は、今日からすこし手狭になる。もうすぐ訪れる新しい家族をどんな顔で迎えようか、俺は五分ばかり悩み続けていた。

そもそも前提からしておかしいのだ。

三つある居室のうち夫婦で一室、そちらに亜季子（あきこ）さんを迎え入れる準備を親父（おやじ）がするというのは理屈が通っている。

しかし妹になるとはいえ、昨日まで他人だった女の部屋の整理を思春期男子である俺に手伝わせるなんて、よくもまあこんなセンシティブな決断をくだせたものだ。

「あれぇ、おかしいなぁ。どこ行ったんだろ」

「どうしたの？」

親父（おやじ）が廊下で困ったようにぼやきながら歩いていたので俺は声をかけた。

「ああ、ちょうどいい。ファブリーズ知らない？」

「リビングだと思うよ。昨日カーテンに使ってそのままだった気がする」

「あー、そこか！　ありがとう！」

パタパタと慌ただしくスリッパの音を立ててリビングへと向かう親父。

「というか、なんでいまになって焦ってるの？」

「寝室を後回しにしてたんだけど、いざ掃除始めたら匂いが気になり始めてね……。ほら、クサいと思われたら凹（へこ）むし……」

「繊細か」

「僕くらいの年齢になるとクリティカルなんだよ！　悠太（ゆうた）だっていまは若いからいいけどなぁ、二十年後、絶対にこうなるぞぉ」

「もうちょっと息子が未来に希望を持てるセリフを心掛けてくれないかな」

ファブリーズの容器を手に夫婦の寝室に駆け込む姿を見ながら、俺はあきれて息を吐く。

そんなに気になるなら毎日やっとけ、というのはさすがに多忙なサラリーマンに対してあまりにも酷だろうか。

「俺の部屋は大丈夫……だよな」

すこし不安になってくる。

綾瀬（あやせ）さんとは互いに何も期待しないと約束したが、初日から高校生男子のスメルを充満させた部屋に招くほど非常識な人間ではないつもりだ。シーツの洗濯、掃除、消臭、それらすべてを入念に済ませている。自分の鼻が壊れていない限りはおそらく大丈夫だろう。

そんな自分のここ数日の成果に満足していると、玄関チャイムが鳴った。

――ついに来たか。

「悠太～。お願いしていいかい？」

「はいはい」

往生際悪く寝室の消臭に努める親父の代わりに俺は小走りで玄関へ向かった。

「お待たせしま……え？」

「お待ちしましたぁ～」

なるべくにこやかにフレンドリーに。

そう意識して作り上げた完璧な表情は、ドアを開けた瞬間に凍りついた。

そこに立っていたのは両手一杯にいくつもの百貨店の紙袋をさげた亜季子（あきこ）さんだった。

小さな手からはみ出んばかりに大量の荷物、紙袋の口からは大きな生ハムの原木まで突き出ていてあまりにも異様な存在感を放っていた。

「えっと、亜季子さん。それ……」

「今日からお世話になります、っていう気持ちの品を買って来たんですよ～」

「こんなにたくさん、ですか。何だか気を遣わせちゃったみたいで」

「恐縮しなくていいよ。これ、違うから」

あきれたような声。

亜季子さんの後ろに立っていた沙季——綾瀬さん（こちらも両手に紙袋をさげている）が、ぐったりした様子で言う。

「お母さん、断れない性格だから。販売員の人にオススメされたもの全部買わされたの」

「ああ、そういう……」

「ちょっとぉ。それじゃわたしがダメな大人みたいじゃない」

「事実でしょ」

「えぇ～！　そんなことないわよね、悠太くん！」

流れ弾がきた。

正直、押しに弱すぎるにも程があると思う、というのが生ハムの原木とにらめっこした俺の偽らざる気持ちだが、子どものようなふくれっ面で見つめられるとその素直な言論は封殺されてしまう。

かと言って、そんなことないですよと嘘をつくのも気が引ける。「甘やかさないで」と、じっとこちらを見つめる綾瀬さんの無言の眼力がそう告げているのだ。母娘に挟まれた哀れな中間管理職たる俺の選択は、

「立ち話もなんですから入ってください。荷物、持ちますよ」

スルーである。

人間の幸福達成にはスルースキルの獲得は不可欠だと賢い人も言っていた。

直前までの流れを無視されたことを気にした様子もなく、俺に紙袋を渡した亜季子さんはおっとりと微笑んだ。

「ありがとう。やっぱり男の子ねえ」

「あはは」

感謝の言葉に曖昧な笑みを返し、俺は踵を返した。買ったばかりの真新しいスリッパを勧め、綾瀬母娘を家の中に招く。

リビングに入ると亜季子さんはわぁと晴れやかな声を上げた。

「うぅ～ん、柑橘系のいい匂いがするわぁ」

「へえ、けっこう綺麗にしてるんだ」

磨き抜かれたフローリングと爽やかな空気漂うリビングに、綾瀬さんも感心したように息を吐いた。

「まあ慌てて掃除しただけで、普段はべつに――」

「太一さんから聞いてた通りだわぁ。本当に綺麗好きの親子なのね」

「――健全な精神を得るにはまず清潔な空間からと言いますからね」

否定しかけた言葉を引っ込め、早口で手のひら返し。

危ない。どうやら親父は亜季子さんの心証アップのために、やたらと良い面をアピールしてきたらしい。嘘がバレて好感度急落、破局したとしても自業自得だと思いつつ、女に痛い目に遭わされながらもようやく立ち直って新たな幸せをつかもうとしている親父の足を引っ張ってやるのも可哀想で、俺はとりあえず話を合わせることにした。

そう決意した俺の顔を綾瀬さんは胡散臭いものを見る目でじーっと見つめていた。

「普段からここまで綺麗にしてるの？」

「そりゃあもちろん。塵ひとつ残さず殲滅せよ、ってのが浅村家の家訓なので」

「なんだか物騒な家訓だね」

嘘は言ってない。田舎の祖母あたりが先祖にあたる戦国武将の言葉だと吹聴していた。十中八九嘘だろうなと思いながらもニコニコ聞いてた記憶がある。

「それにしても、さすがねえ、太一さん」

亜季子さんがうふふと笑う。

「細やかなオシャレがカッコイイ人だけど。それだけじゃなくて、お家まで素敵なんて」

「オシャレ……親父が、ですか？」

「そうよぉ、最初にお店に来たときは上司の方と一緒だからかしら、素朴な感じだったんだけど。二回目からはコロンの香りも、ネクタイのブランドも一流の社会人って感じで」

「あー」

そういえば、やたら服や香水に金をかけるようになった時期があった。

大人の世界は物入りなんだろうと納得していたが、まさか好きな女性の気を引くためだったとは。

「や、やあ、亜季子さん。沙季ちゃん！」

夫婦の寝室のほうから親父が出てきた。中学生並みの背伸びっぷりが明らかとなった親父の手にはいままさに部屋を消臭していたファブリーズの容器が握られており、俺はぎょっとした。

「ちょ、親父……」

その手に持っている物をしまえ。人がせっかくフォローしてやってるのに、即席清潔の証拠を堂々と掲げるな。

直接言葉にするわけにもいかずアイコンタクトで伝えようとする。

しかし努力もむなしく、親父は鏡の前で何百回と練習したような笑顔でこう言った。

「ようこそ我が家へ！　ここここ、これからひとつ屋根の下でよろしくしよう！」

役満だ。まさしくキモさの見本市。

言葉選びもキモいし変に気取った台詞を言おうとして噛んでるしキメ顔がリアルに痛々しい。

「こんなに大歓迎してもらえてうれしいわぁ〜。はいこれ、おみやげ！」

「生ハムの原木じゃないか。いいね、今夜は生ハムパーティーにしよう！」

これで盛り上がれるとは、何ともお手軽な夫婦だった。

亜季子さんはファブリーズに気づいてないし、親父は大量の荷物を自然に受け入れてるし。ズレた人間同士、相性が良いんだろうか？

「ねえ、浅村くん」

「ん？」

「部屋、見たいんだけど。案内してくれる？」

「あ、ああ……了解」

歪んだ時空の中で笑い合う夫婦をよそに、俺と綾瀬さんは百貨店の荷物をリビングに置いてから彼女のためにしつらえた部屋へ向かった。

「ここです」

「へえ。ここが……」

「カーテンやベッドは用意してあるけど、シーツの色の趣味とかわからなかったから、気に入らなかったら取り換えてもらって大丈夫。勉強机もオーソドックスかと思って窓際に置いたけど、動かしたかったら言ってください」

「ありがと。受け入れる準備、ちゃんとしてくれたんだね。……おー」

ドアを開けた俺の脇をすり抜けて、部屋の真ん中まで歩いていった綾瀬さん。

声のトーンこそ平淡だが、その目は好奇心旺盛な猫のようにきょろきょろ動いていた。

同い年の女子が目の前にいる。それも髪を明るく染めて全身をオシャレにまとめ上げた、稀代の美人が。

シャンプーなのか香水なのかフェロモンなのか、それとも童貞男子には想像もつかない何か特別な力が働いているのか、部屋の中には蜂蜜を炙ったような甘い匂いが漂っていた。

香りの尾を引き、彼女が振り向いた。

「広いね」

「そう、ですかね。普通だと思いますけど」

「前の家、ボロアパートだったの。六畳一間、私のための個室もなかった」

「六畳一間に布団を敷いて、二人で寝てたんだ、……たんですか」

　どうりで家具がほとんど新品なわけだ。

「ううん。寝るときは居間を独占してたよ。私が学生、お母さんが夜の仕事で、ちょうど生活リズムが正反対だったから」

「でもそのほうがいろいろ気楽なんじゃないですか。同じ家に男が二人も増えてしまって、すみません」

「……。それはいいけどさ……、ひとついいかな」

「何ですか？」

「それ」

「えっ」

「どうして敬語なの？　べつに主義主張信念教義だっていうなら好きにすればいいと思うけど」

　そんな妙な宗教には入っていない。初対面の人間や目上の人間には敬語を使うべし、という謎ルールを何の疑問もなく受け入れている日本人である時点で無意識に何らかの宗教的な価値観に縛られているだろうってツッコミはさておき。

「どうしてって言われても……」

「同い年なんだから、もうすこし気楽でもいいよ。気を遣ってるなら、そういうのはいらないし」

「同い年だからこそなんですが」

「え。クラスメイトとか友達とか。『ですます』だと変じゃない？」

「それは強者の理論でしょう」

こちとら十六年の人生で女と交わることはほとんどなかった。綾瀬さんのような派手な見た目の女なら尚更だ。フランクに馴れ馴れしく、なんてサラリと言われても決して簡単なハードルではないのである。

「そうかな。まあ浅村くんのやり方をとやかく言う気はないけど。もし私に気を遣ってのことだったら、べつにいらないよ」

「気を遣ってるつもりはありませんでしたが。……あー」

言葉の途中で俺はふと思い至った。

互いに期待せず生きていこう。最初に会った日、ファミレスの帰りに綾瀬さんにそう切り出されたことを思い出したのだ。

期待しない。その意味を噛みしめながら俺は彼女に訊いた。

「これはしっかり確認したほうが良さそうだから確認するんですけど、もしかして、どちらかと言うと、……『敬語はやめてほしい』、ですか？」

「そうね。素直に言うと、砕けた口調のほうが落ち着くかな。べつに私、尊敬されるような人間じゃないし」

「オーケー。じゃあやめるよ、敬語」

肩をすくめてタメ口になった。

綾瀬さんが驚いたように目を開く。

「あっさりなのね」

「正直慣れた友達と同じように接するのは難しいけど、せっかく腹を割ってくれてるんだ。こんなにわかりやすくしてくれてるなら、俺もやりやすいし」

「そ。やっぱ思った通りだ」

ふわ、と綾瀬さんが笑った。

口調も表情も抑揚がなくてドライで冷たい印象を与えるコンクリートみたいな綾瀬さんの、初めてやわらかい部分を覗（のぞ）けた気がした。

「こういう『すり合わせ』ができるの、地味に助かる」

「『すり合わせ』か。言い得て妙だなぁ」

そう。たったいま俺と綾瀬さんの間で交わしたやりとりをひと言で表すとそうなる。

まず綾瀬さんは俺に何らかの宗教的背景とか信条がある場合を考慮し、敬語で話さなくてもいいと俺のほうにボールを渡してきた。それに対して俺は彼女の率直な希望として敬語をやめてほしいかどうかを確認し、ＹＥＳの解を得て落としどころにたどり着いた。

ごく当然の、単純なコミュニケーションだと思うだろうか？

けれど俺の主観ではこんなに円滑な、齟齬のない「すり合わせ」ができたのは初めてての経験だ。

大抵の場合、人間は理解や共感を相手に求める。

説明しなくても私の気持ちをわかってよ！　どうしてその発言が俺を苛立たせると理解できないんだ！　——他人の脳味噌の中身なんて覗けるわけないのに、皆そう無茶を言う。

なら最初から手札をストレートに開示してしまえばいい。

私はこう言われたら怒ります。俺はこんなことを大事にしています。なるほど、じゃあ私たちはこうやって付き合おう。相手に理解してもらえると期待せず、把握してもらうために情報を交換する——。

「全人類がそんなふうにやれたらラクなのにね。私と浅村くんみたいに」

「そりゃそうだけど、なかなかね」

敬語を嫌がる感性なんて俺には全然わからない。だがそれが好まれてないって事実だけでも把握できていれば、無駄にストレスを与えずに済む。

事務的に、機械的に。

素直な感情をすり合わせて把握し合っていけばみんな幸せだと思うけれど、なぜか社会はそうならない。

「学校の友達にこういうスタンスでいくとさぁ、『何それ契約書かよぉ』って笑われて、真面目に受け取ってくれないんだよねー」

「それはしんどいなぁ」

「うん。だから一人以外みんな切っちゃった」

「おお……それはまた」

思い切りが良いというか豪胆というか。けらけら笑いながら語る姿には妙な清々しさがあった。

「べつに、切ってもいい程度の人しか切ってないから。何考えてるかわかんない、どこに地雷があるかもわかんない子たちの機嫌を伺ってる時間がもったいないし」

「ごもっとも。……おっと。時間といえば、突っ立って話してるのも時間の無駄だよね。荷物の整理、手伝おうか？」

「優しいんだ」

「恩を売っておいたほうがそのうち返してもらえるかもだし。Ｗｉｎ－Ｗｉｎだよ」

「意識高いね」

「あんまりからかわないでほしいなぁ……」

「褒め言葉のつもりだったんだけどね。それじゃ何から手をつけようかな」

室内を見渡してふうむと何やら考え込む綾瀬さん。やっぱりアレかなぁ、アレがないと始まらないもんね、などとひと通りつぶやいてから彼女は段ボールを指さした。

「まず、あれから片づけたいんだけど。カッターある？」

「あるある」

一度自分の部屋に戻り、勉強机の引き出しからカッターを取って戻ってくると、俺は彼女の指さした段ボールに近づいた。

「あ、貸してくれればいいよ」

「気にしないでいいよ。箱をあけるくらい手伝ったうちにも入らないし」

「や、そういうことじゃなくてさ。それ――」

もの言いたげな綾瀬さんの声を背中に聞きながら、構わずカッターでガムテープを切る。パリパリとテープが剥がれ、段ボールの隙間から白い布が顔を覗かせた。その瞬間、直前の綾瀬さんの反応の意味を知り、俺は後悔した。

「それ――衣類だから」

「そういう大事なことは早く言ってほしかった！」

見てしまったモノから目を背け、慌てて距離を取る。そんな童貞丸出しの反応に綾瀬さんはけらけらと笑ってみせた。

「あはは。そんな汚染物質みたいに扱わなくてもいいじゃん。ひどいなぁ」

「目の毒、って日本語知ってる？　思春期男子にとっては毒物と同じなんだよ」

「直に穿いてるやつならヤバいけど。べつに洗濯した後のコレなんてハンカチとほとんど同じでしょ」

「つまんで掲げるのはやめよう。マジで」

取り出した白い布をひらひらと遊ばせる姿に、たしかにただの布切れなのはわかっていながらも、妙にひやひやした気持ちになってしまう。

人間関係の価値観などは俺と大いに気が合う彼女だが、どうやら二人を分かつ決定的な部分もありそうだった。

「下着はさすがに私のほうでやるからさ。そっちの制服とかハンガーにかけてもらえる？」

「制服もなかなか刺激的なんだけど」

「いちいち発情しないでよ。それじゃ手伝えるもの何もないじゃん。ほら、無心になって作業して」

「あ、ああ。無心、無心」

そう自分に言い聞かせ、俺は彼女の制服を手に取った。シャツ、スカート。そしてカーディガン。そのすべての手触りがやわらかくて、意識すまいとしても、どうしても気になってしまう。

「あれ？」

手が止まる。おそらく学校指定のものだろうネクタイの独特な若葉色の柄が視界に入り、強烈な既視感に襲われる。

「これ、……え、綾瀬(あやせ)さん。もしかして、水星(すいせい)？」

「ん。そうだよ。私みたいなチャラそうなのが進学校通いでびっくりした？」

「驚きポイントはそこじゃなくてさ。……俺もそうなんだよ」

都立水星高校。渋谷区周辺の都立高校の中でも一流大学への進学率が高い優等生の学び舎だ。勉強に厳しいながら成績さえ維持できていればバイトをしても許される、柔軟性の高さが魅力で俺は入学を決めた。

親が再婚して突然できた妹が、同い年どころか同じ学校に通う同級生だったとは。数奇な運命にも程がある。不幸中の幸いは同じクラスとまではいかなかったことくらいだろうか。もしそうならどれだけ気まずかったことか。

どんな反応をされているだろうとちらりと窺い見ると、綾瀬さんはかすかに影のかかった目を細めて、何やら真剣に考え込んでいた。

「浅村くんも水星なんだ……。そう……」

「……何かごめん。うちの親父が事前にリサーチしてなかったばっかりに」

「べつに。お母さんも確認してなかったし。謝ることは何もないでしょ」

「でも、気まずいでしょ。なるべく学校では他人のフリするから」

「え？　や、べつに私は全然平気だよ。あ、でも、そうしてくれたほうが浅村くんのためにはなる、かな」

「それって、どういう――」

問いかけようとした言葉は、唐突に鳴ったバイブレーションの音のせいで、喉の奥に引っ込んだ。

いったい誰だと思って見てみると、そこには、「バイト先」とだけシンプルに登録名が表示されていた。

「出ていいよ。私、束縛するような趣味ないから。目の前で電話されても気にならない」

「つくづく気が合うなぁ」

心の底からしみじみそう言いながら、俺は通話ボタンをタップしつつ部屋を出る。

こんな時間に電話をかけてくるってことは緊急でシフトに穴があいたから手伝ってほしいって打診だろうなぁ、と予想しながら出たら、本当に何のひねりもなくそのままの内容で、あきれながらもイエスマンな俺は素直に従うことにした。

電話を終えて部屋に戻ると、俺に構わず荷物の片づけに勤しんでいた綾瀬さんが、気のない感じで振り返る。

「相手の人、なんだって？」

「バイトのヘルプに入ってくれって。ごめん、片づけ手伝えなくなった」

「いいよ。もともと私の仕事だし」

急な話だというのに嫌な顔ひとつせず、それが当然とばかりに彼女はそう応えた。

同い年の女子、美人、見た目ギャル。個人的な地雷要素が三拍子そろっているにもかかわらず、すこしばかり緊張するだけで問題なく会話できているのは、ひとえに綾瀬さんの成熟した大人の態度のおかげなんだろう。

「じゃあ、行ってきます」

「うん。行ってらっしゃい」

ドライにそう言い放ち、テキパキと作業に戻る姿には多くの人が想像するであろう、いわゆる妹、の雰囲気は欠片もない。

けれど新しい家族としてはこれほど安心できることもなく、俺はどこかホッとした気持ちで部屋を出て行くのだった。


渋谷駅近くにある大型書店。

ハチ公口から出てすぐ、観光客やユーチューバーが三脚や自撮り棒といった思い思いの方法で撮影している風景を横目にスクランブル交差点を渡った先。

大音量でスマホゲームのＣＭを流す大型街頭ビジョンを見上げながら自転車を停め八階建てのビルに入れば、そこが職場だった。

俺はここで書店員のアルバイトをしていた。

小さい頃から本が好きで、児童書から海外文学、ミステリーもファンタジーも味がしなくなるまで噛んできた。読む、のではなく、噛む。そう表現したほうがしっくりくるほどに。そんな俺にとって新刊の醸す紙の香りがむわっと漂うフロアはまさに天国。

本は良い。本はいろんな人間の人生を覗かせてくれる。

浅村悠太という人間が体験できるのは普通、冴えない男子の人生ただそれだけだ。

でも本を読めば無数の誰かの人生をシェアしてもらえる。

もちろん物語だけじゃない。自伝もそうだし、ビジネス書もそう。ありとあらゆる本を通して自分の頭の中にたくさんの誰かをインプットできるのだ。

視野狭窄とか。

前後不注意な傲慢とか。

顔を覆いたくなるようなナルシシズムとか。

そういった恥ずかしい自分にならないためのメタ認知、客観的に自分自身を見ることを心がけるようになったのも、本を読んでいるからこそかもしれない。

成人男性の脳味噌およそ１４００グラム。

今となっては、たったそれだけの閉じた世界の常識、偏った視点のくだす判断に従って生きていくことに、恐怖さえ感じていた。

(もし本を読まなかったら、俺もあんなふうになっちゃうのかなぁ)

午後8時。

ヘルプで6時ぐらいから入り、休日のピークタイムの接客やらレジ打ちやらに追われること二時間。

客の姿も減り始め、ようやくひと息つけると思って、レジでブックカバーを折るだけの簡単な作業に取り掛かろうとしたとき、売場のほうで、あんな、と形容した光景を目にしてしまったのである。

「やべ、おねーさんマジタイプ。マジひと目惚れ」

「何か本をお探しですか?」

「え、てか可愛すぎ。バイト終わったらメシ行かない？　何時上がり？」

「おととい上がり、ですかね」

「意味わかんなすぎて草。や、おねーさんマジ面白いね！」

　女性店員に馴れ馴れしく絡んでいくパリピ男。あきらかに軽くあしらわれて、皮肉までぶつけられているにもかかわらず、めげる気配も見せない。ここ渋谷の街ではよく見る光景だが、書店の中で、その従業員を、これほどしつこく口説く場面に遭遇するのはさすがにレアだ。

　ナンパされているほうは、大和撫子然とした長い黒髪が印象的な女性だった。

　清楚可憐な文学少女——そんな尻軽の対義語を地で行く美しい出で立ちで、ふんわりと香る花のような雰囲気を漂わせている。

　無礼極まりない軽薄なナンパ行為を前にしてもニコニコと、一切崩れぬたおやかな営業スマイルを保っていた。

　だけどその目は、ピクリとも笑っていない。

（トラブルは御免だけど……）

　そう思いながらも俺は適当なバインダーとリストを手に、騒音の発生源へと向かった。

「読売さん。ちょっと教えてほしいことがあるんですけど」

「あっ。うん！　何かな」

「新入荷リストが変でして。ＰＣの情報と照らし合わせる方法がわからなくて」

「……！　わかった。すぐ見るね」

「なっ。ちょ、待てよ！」

俺の意図をすぐに察した女性店員がそそくさとその場を離れようとすると、ナンパ男が慌てたように手を伸ばした。

女性の華奢(きゃしゃ)な手首を掴(つか)もうと伸びた無骨な手。しかしその指先は、俺が持ってきていたバインダーにさりげなく遮られた。

「俺の読売さん、に、これ以上、何か御用でしょうか？」

「え？」

　もちろん俺と彼女はそういう関係なんかじゃない。この場を切り抜けるための、単なる出まかせだ。

　ぽかんと口を開けてしばしフリーズした後、パリピナンパ男はパンッと両手を鳴らしたかと思うと、勢いよく頭を下げていた。

「あちゃ〜、オレってば空気読めてなくてサーセン！　そりゃあそうだよなぁ〜、こんな美人で彼氏いないわけないもんな〜」

「えっ。あー。まあ、はい」

　正直、拍子抜けだった。

　フィクションの世界でよくいるパリピナンパ男の行動様式からすると、激昂(げきこう)して殴りかかってきたりするんだろうかと思っていたが、本物は意外にもあっさり身を引くらしい。

この人だけかもしれないけど。

「おにーさん、おねーさんのこと大切にしてやんなよ。お幸せに！」

あまつさえ応援の言葉まで残して、パリピナンパ男はビシッと顔の横でチャラ男ポーズを決め、店から出て行った。

騒がしい客が去り、静寂が戻る。

静謐（せいひつ）さを取り戻すと他の客の視線が途端に気になるようになって、俺は赤くなった耳を隠すよう、うつむきがちに、早足でレジへ帰った。

「ありがとう、後輩君。助かったよぉ。てかあのチャラ男、あんなにあっさり諦めてくれるなら、最初にあしらったときに引いてくれればよかったのに。……ねえ、彼氏くん？」

「やめてください」

「一夜限りどころか、一分限りの恋人だったね。しくしく」

レジに戻ると、さっきの営業スマイルはどこへやら、ぺろりと舌出し、小悪魔のように彼女はくすくす笑った。ポケットから取り出した『読売栞（よみうりしおり）』と書かれたネームプレートを口元に添えると、流れるようにユニフォームの胸の部分にそれをつける。

「業務中は名札を外しちゃいけないんじゃ……」

「臨機応変」

読売先輩はしなやかな人差し指で内緒のポーズをしてみせる。

「ルールは、組織を円滑に回すためにあるものでしょ。わたしの本名が知られて、今の男みたいなナンパ君が厄介なこじらせ客になったらそのほうがマイナスだし」

「たしかに」

決められたことだからと愚直に従うのではなく、その本質を考えて行動できる読売先輩はすごく頭が良いんだろう。

個人的にそんな聡明さはこの人の最大の魅力だと思うんだけど、世の男性の多くはそうではないらしい。

「今月もう三回目かぁ」

「まだ七日ですから、二日に一度のペースですね」

「出勤は三回目。これじゃ通常業務の一環だよう」

客の目につきにくいレジ裏でへなへなと、わざとらしくへたり込む読売先輩。

口説かれた回数を愚痴るなど相談相手によっては自虐風自慢と受け取られてもおかしくないところだが、そこはフラットなスタンスを至上とする俺のこと、妙なバイアスをかけることなく素直に悩みを受け止める。

「せめて店の中ではやめてほしいですよね。フォローするたびに読売先輩にいじられますし。……まあ、もう慣れましたけど」

「いつもありがとねぇ。ホント、後輩君は頼りになるよぅ」

「……あ、何かすみません。恩着せがましいこと言って」

「いいの、いいの。実際迷惑かけてるんだし、どんどん着せちゃって」

　あははと笑い、肩を叩いてくる。

　見た目は清楚可憐な大和撫子である読売先輩だが、バイトのシフトで二人だけになると油断するらしく、こうして軽口が飛び出してきたりする。

　距離感がやけに近く気安いボディタッチも多くて最初はぎょっとしたけれど、そういうキャラなのだと把握できれば、好意的に接してくれるぶん、馴染むのもラクだった。

「にしても、相変わらずモテモテですね。やっぱり美人だからですかね」

「後輩君……。あんまり安易に褒めると、いつかさっきの人みたいになっちゃうよぉ」

「怖いこと言わんでください」

「まあ実際、美人だから～とかじゃなくって。押したらヤれると思われてるんじゃないかなぁ」

「ヤれっ……って……」

　前触れもなく明け透けな言い方をされて、俺は思わず言葉に詰まった。

　美人なのに大人しくてお淑やか。

　この渋谷という街においては異端とも呼べる特徴は、確かに男にある種の勘違いを与えかねないのかもしれないが――……。

　純で初心なお嬢様ゆえに男に免疫がなく、押せば堕ちるタイプだなんて第一印象は野郎の悲しき幻想でしかないことを、俺はよく知っていた。

　実物は結構エグい発言も多いし、

「ところで後輩君さ。今日ずっと女の子のニオイさせてるけど、彼女でもできたの？」

ほんのりとSっ気もある。

「変なこと言わんでください。……本当にニオイします？」

「そりゃあもうプンプンに。どれだけ長時間イチャイチャしてたらそこまで匂いが移るんだろう？」

「早退します。帰宅してシャワー浴びます」

「あーん、うそだからぁ。ひとりにしないでぇ～」

制服の袖を嗅ぎながら帰るフリをする俺に、読売先輩がすがりつく。

いま出勤中なのは俺と読売先輩のみ。ピークタイムが過ぎ去った後とはいえ、残り時間をワンオペで回すのは無理があった。もちろんフリだけで、本気で帰るつもりはなかった。

「ほら、前に言ってたでしょ。妹さん。そろそろかなって」

「あー」

そういえばこの人には相談してたんだった、と思い出す。

初めての顔合わせで義理の妹になる綾瀬（あやせ）さんが同い年の女子だと知り、どんな距離感で接すればいいのか考えた俺は、身近にいる唯一の、それでいて話しやすい女性である読売先輩にアドバイスを求めた。

さんざん面白がられ、からかわれるだけで、有意義な情報は得られなかった。

『相手が女の子、って情報だけじゃ何も言えないよぅ。人によって性格も趣味も価値観も違うんだから』

　というのが彼女の意見で、なるほど確かにそれはもっともだと納得させられたので、俺としては文句を言う気も起きなかった。

「どう、妹さん。可愛かった？」

「いや、そういうふうに見るのはどうかと思いますし」

「浅村くんがその状況を喜ぶような、ガツガツ肉食タイプじゃないのは知ってるってば。わたしが訊いてるのは、客観的にどうかってこと」

「……。美人……、だとは思います。はい」

　素直に答えた。

　歯切れが悪くなってしまうのは、これから家族として一緒に暮らす異性のことをそんなふうに形容してしまうことへの罪悪感で胸の奥がモヤモヤするからだ。

　人間関係に関するスタンスは近いものがありそうだけど、それでも綾瀬さんと自分が同じ世界の住人だと吹聴できるほど図々しくはなれなかった。

　スタイルが良く、顔のパーツも整っていて、綺麗な金色に髪を染め、アクセサリや私服の着こなしなど完璧なファッションで身を固めている綾瀬さんは、あきらかに俺のような陰属性ではなく、陽の者の風格だ。

　彼女からしたら、よく知りもしない陰キャ男子である俺からの褒め言葉なんて、べつに嬉しくないのを通り越してキモいと感じてもおかしくない。

「ひゅー。美人と同居かぁ。この世の春だねぇ」

「何も起きませんよ」

「ナニは起きることもあるんじゃない？」

「唐突におっさんみたいな下ネタを吐く癖、直したほうがいいですよ」

「中高大学と全部女子校だから仕方ないのよ」

「女子校に対するひどい風評被害だ……」

「ところがどっこい、これは真実なのだ」

「……マジですか？」

「信じるか信じないかは、あなた次第です。……なんてね？」

都市伝説の紹介番組みたいな言い回しで言って、茶目っ気たっぷりにウインクしてみせる読売先輩。

俺は内心で後者を選んだ。百合咲き乱れる花の学び舎という女子校の神聖なイメージを守りたかった。

「そりゃ俺も男子なんで妙な想像が脳裏をよぎることはありますよ。でも、正直、そんな邪念を抱いてる場合じゃないっていうか」

「ふぅん？」

「考えてもみてくださいよ。同い年の異性とひとつ屋根の下で暮らしていくんですよ。異性との触れ合いレベル0な俺には難題すぎますって」

「わたしの性別を何だと思ってるのかな？」

「読売先輩は実質男なんで」

「あはは！　ちょっと、それひどすぎでしょ！　そりゃ確かに言い得て妙だけどさぁ」

「男友達枠と言いますか、頼れる男の先輩みたいなものなんですよ」

下ネタ言うし。――まあ、女性のほうが下ネタはエグいのかもしれないが。

「あははは。あー。ふっ、ははは……おっけ。りょーかい。後輩君の対女の子スキルが壊滅的だってことは、今のやりとりでよくわかったよ」

「……反論も言い訳もしないでおきます」

できるはずもなかった。

「正直、悩みますね。どういう態度が兄妹としてふさわしいのか。どんなふうに気遣っていけばいいのか。そんな心配ばっかりでとてもじゃないけど美人と同居だの何だのと喜ぶ気にもなれません」

「後輩君なら自然体にしてれば大丈夫だと思うけどねー」

「嫌われませんか、自然体」

「後輩君は嫌い？　わたしの自然体」

「……全然」

「ほらぁ」

「でも読売先輩、美人だしな……。美人の自然体と俺みたいな陰キャの自然体が同価値なわけないしなぁ」

「いや自己評価低すぎでしょぉ。わたし結構気に入ってるのになぁ、後輩君のこと」

「でも読売先輩、変人だしな……」

「おっ。同じ文脈で正反対の台詞。いいね。芸術点高しだね」

「そういうところですよ」

会話の中で上手いことを言うと読売先輩は唐突に評論家の顔に変わる。彼女曰く、文学少女ならではの嗜みらしく、日常の中に潜む美しい修辞学的表現に常に目を光らせているのだという。

オヤジギャグを毎秒考えてる中年男性と本質は同じなのだが、その残酷な真実は俺の胸の中だけにしまってあった。

文学少女と中年男性の相似に哀しみを抱いていると、読売先輩は、そうだ、と言って、パタパタと小走りに売場へ向かった。

すこしして彼女が戻ってくる。その手には一冊の本がある。

「あったあった。これ、オススメ」

「『男女の科学』？」

「他人――特に異性と仲良くなるための方法が、心理学の研究に基づいて書かれててね。わたしも結構参考にしてるんだよ」

「面白そうですね」

渡された本をパラパラとめくった俺は、素直にそう言った。目次をざっと眺めるだけでも、今の俺にとって必要な一冊になりそうな予感がする。

曰く、まずは相手を知るべし。

曰く、次に、自分を知るべし。

曰く、そのためにも自分自身を客観視する術を身につけよ。

他の本にもこれに近いことは書かれていた。だからこそ俺は自分を客観視する生き方をしていきたいと考えてきたわけだし、その点については特に目新しい論でもない。

だが『男女の科学』の目次に含まれていたある一文に目が吸い寄せられた。

『客観視能力を高めたいなら日記をつけろ！』

具体的、かつ、すぐに使えそうな方法。その一点の新しさだけで読む気が起きる。

読書を趣味にしていると過去に読んだものと似たような記述の本に当たることも多いが、題材が同じだからこそ著者ごとの細かなテイスト、切り口の違いを落語的に楽しめる。

俺が目次に関心を示してるのを表情から読み取ったのか、読売先輩はサキュバスめいた仕草でニヤリと笑う。

「本の効果はわたしがキミで実証済みだったり」

「使われてたんですか」

「信憑性高しでしょ？　実際、わたしと後輩君はうまくやれてるわけで」

「確かに、これ以上ない説得力ですね」

百の推論よりも一の実行。

言葉を尽くしてダイエットの素晴らしさを説くデブよりも、黙々と努力を続け現在進行で痩せゆく姿を見せつける元デブのほうが何倍も利口だ。

結局、俺はその本を買うことにした。

シフトの時間を終えて更衣室でバイトの制服を脱いだ後、取り置きしてもらっておいた『男女の科学』を深夜0時まで勤務が続く読売先輩から購入する。夜10時までしか働けない高校生と違い、まだまだ帰れないことを彼女は嘆いていた。

折りたてのブックカバーに丁寧に包まれた本を受け取り、カバンに入れて帰ろうとし、ふと俺は振り返った。

「さっきのナンパ男みたいなのに絡まれたら、いつでも呼び出してくださいね。チャリ、飛ばしてくるんで」

一瞬、きょとんとする読売先輩。しかしすぐに、にゃあ、と嬉しそうに顔をとろけさせた。

「頼もしいー♪　それじゃ、後輩君を呼んで、警察も呼ぶね」

「順番は逆でお願いします」

警察を呼べるならその後輩君はどう考えても不要だった。

自宅マンションの駐輪場に着く頃には夜10時を回っていた。

帰り道、自転車を手で押しながらオススメの日記アプリを検索、DLしていたので普段よりすこし時間がかかったのだ。

駐輪場に愛車を停め、エレベーターで三階に上がる途中、ふと妙な罪悪感に襲われる。

これまでの生活と同じ感覚でマイペースに帰ってきてしまったが、よく考えたら亜季子さんや綾瀬さんにはバイトが何時に終わるか教えた記憶がない。

親父がうまく説明してくれてたらいいんだが、そういう繊細なフォローは正直まったく期待できなかった。

家族全員寝ている可能性も考えて音をあまり立てないように鍵を開けドアを開け、そろりと足を忍ばせてリビングへ。曇りガラスのドア越しに灯りが漏れている。誰かが起きてるんだ。

すこし身の引き締まるのを感じながら俺はリビングに足を踏み入れた。

リビングでは綾瀬さんがひとりソファに座っていた。

ホットココアだろうか、甘い湯気を立ち昇らせるカップを口に寄せて、彼女は無表情でスマホをいじっている。ＳＮＳだろうか。相手は友達か、あるいは彼氏か。これだけ美人でファッションセンスもいい、派手めなギャルなのだから、どちらもあり得そうな話だ。

「ただいま」

「え？　あー、うん」

スマホから顔をあげた綾瀬さんが生返事をした。

適当にあしらったというよりは困惑を含んだような表情で、外国人に道案内を頼まれたかのような目がぼんやりとこちらを向いている。

「……綾瀬さん？」

「ごめん。ただいま、ってあんまり言われたことなかったから。どう返事をすればいいかわかんなかった」

「ああ……そっか。生活時間、ズレてたから」

そういえば夜の仕事をしている亜季子さんとは寝る時間が合わない、と言っていたような気がする。

最初聞いたときはまあそんな家庭もあるよなぁぐらいにしか思っていなかったのだが、ただいまのひと言にさえ戸惑うという事実は妙に胸が詰まった。

「深刻そうな顔してる」

あはは、と綾瀬さんは苦笑した。

どうやら俺は内心がかなり表に出ているみたいだった。

「大丈夫だよ。べつにひどい扱いされてたとかじゃないから。私が学校にいる間に帰ってきて睡眠と用事を済ませて、私が帰ってくる頃にまた出勤していく。――そういうふうにルーチンを回してるだけ」

「あんなに仲良さそうだったのに」

「母娘（おやこ）だしね。今日は久しぶりに一緒に買い物できたし、けっこう楽しかった」

そう語った彼女の声は抑揚に乏しく、表情も無に近い。

あまりにも大人びたドライな空気をまとっている理由が彼女の話を聞いているとなんとなくわかるような気がした。寂しがる気配が皆無なのは、孤独に慣れているからなのだろう。

もともと片親と言えどももう高校生。俺自身もそうだけど、親と会えないからってどうという年齢でもなかった。

そんなことよりも、友達か彼氏とのメッセなのかわからないが、スマホでしていたことを邪魔してしまった。

申し訳ない気持ちが湧いてきて、俺はすぐにでも自室に引っ込みたくなる。

「風呂入って寝ようと思うんだけど」

「どうぞ。私はどっちも最後でいいから。いつも夜遅いし」

「そっか。了解」

素直に言う通りに自室に引っ込み入浴の支度をしながらも、俺は綾瀬さんの発言の言外の意味について考えていた。

風呂は最後がいい。

睡眠も最後がいい。

そりゃ同い年の男子、それもほぼ初対面の人間と暮らす一日目なんだから当然だ。自分が浸かった後の湯舟なんて使われたくないだろうし、自分の寝室があるとはいえ先に寝て無防備な姿を晒したくもないだろう。

だとしたら俺の存在が彼女に夜更かしをさせてる可能性もある。

——なるべく早めに済ませよう。

そう決意して俺はいつも三十分かけて入る風呂を十分で上がり、残り二十分で湯を抜き浴槽を洗い、また湯張りし直した。

上手い接し方の答えがまだ出ないなりに、今の自分の頭で考えられる最大限の異性への配慮をしようと思った。


——余談だが。

初めてひとつ屋根の下で同い年の女子と一夜を過ごすという状況で、少年誌のラブコメによくあるであろう、ドキドキのワンシーンは残念ながら訪れなかった。現実における義妹との生活は、二次元のそれとはまったく違うのだということは、冒頭でも話した通りである。

とはいえ異性の存在をまったく意識せずに眠れたのはひとえに意識を手放すまでの間、綾瀬さんが一度も自宅ならではの油断した姿を見せなかったからだろう。

翌朝も俺が目覚めたときにはすでに綾瀬さんは身だしなみのすべてを完璧に整えた状態でリビングにおり、ドキドキするタイミングなど一度も与えてもらえなかったけれど——。

「おはよ。よく眠れた？」

「おかげさまで」

「私も、いいお湯だった。感謝してる」

——そんなやりとりからはドライなだけじゃない綾瀬(あやせ)さんの人間的魅力が垣間見(かいまみ)えて、二次元的ではないけれど、この関係はちょっといいなと素直に思ってしまうのだった。

●6月8日（月曜日）

その日の朝は当然のように綾瀬さんと一緒に登校などというイベントは発生しなかった。

水星に通う同級生だと知り、もしかしてとも思ったのだがそこは流石の綾瀬さん、変に噂になるのもアレだし当分は赤の他人ってことで通していきましょうとドライに提案された。どう考えてもそれが正しかった。

親父や亜季子さんもその点は気を遣ってくれたらしく、俺や綾瀬さんの周辺環境が変化せずに済むようにと、とりあえず別姓のままにしておいてくれていた。

苗字が変わることによる妙な勘繰りや、手続きなどが面倒くさそうだったので、この気遣いはかなり嬉しかった。

さてそんなわけで俺と綾瀬さんは時間をずらして家を出て、べつべつに学校へ向かった。

都立水星高校。

世は競争社会。過酷な競争を生き残るには文も武も問わず百の結果を残すべし。

それが、俺が通うこの学校の掲げる校訓である。

努力よりも結果を重視する校風であり、裏返せばテストの点数や部活動の成績さえ良ければバイトしようが授業を休もうがお咎めなし。その縛りが少ない自由な校風に惹かれて俺はこの学校を受験した。

進学校だが、特に進みたい大学があるとか、高い目標があるとか、そういうことはない。

ただ良い大学には行きたいと思っている。

けどそれも意識の高い前向きな姿勢というわけではまったくなくて、むしろ俺の人生は面倒事からひたすら逃げ続けるだけのものでしかなかった。

小学生の頃、塾に通えと言われたことがある。

当時まだ親父が離婚する前。俺の母親だった人は、俺を親父よりも優れた社会的に影響力のある人間に育てようと躍起になっていて、その一環で都内でも有名な学習塾に通わせようとした。

――体験入学で挫折した。

他校の知らない子どもたちの中に交ざって勉強するということが驚くほど苦痛で、吐き気までこみ上げてきて、そこで俺は人生で初めて自分がコミュ症側の人間なんだと自覚できた。

そこで俺がどうしたかというと独力で死ぬほど勉強しまくり、みるみるうちに成績を上げていったのだ。進学校に通う今となっては学年全体で上の中ぐらいの位置だけど、中学の頃はトップクラスの成績だった。

上昇志向などではない、ただただ塾に通いたくないという逃避の感情。塾に通えという圧力から逃げるためだけの後ろ向きな努力。

要領よく学校の成績を維持しながらバイトもかじってみたりしているのも、将来のことを親父に心配されるのが面倒だっていう逃げの理由で自立っぽい姿を見せているに過ぎなかった。

だから俺は本当の意味で意識の高い、前向きな努力家のことを尊敬してやまない。

親友の丸友和（まるともかず）は、まさしくそういうタイプの男だった。

「おう、浅村（あさむら）。おはようさん」

「丸。朝練？」

朝の教室でのこと。

ＨＲ開始十分前に教室にやってきた丸が、俺のすぐ前の席にどっしりと腰かけた。

知的なメガネ、ワイルドに刈り上げた髪、肉厚な腹周り。体積が大きいためひと目見た印象だけでデブと呼ばれることも多いが、その表現は正しくない。その巨体を覆うのは脂肪の塊ではなくほとんどが筋肉だと聞かされたときは俺も驚いた。後で知ったことだが、力士の肉体も、同じ原理でほとんど筋肉で構成されているらしい。人は見た目じゃわからないもんだ。

「愚問だな。朝練がなかった日がねえよ」

むっつりした仏頂面で言う。

丸は野球部に所属していた。ポジションは見た目のまんま捕手。

部活に熱心に取り組んでいる彼だが、それはそれとして、練習漬けの日々に文句はあるらしい。

「野球部とブラック企業って似てるよね」

「早出残業あたりまえ。パワハラ横行、競争、嫉妬。年功序列に、小さじ程度の実力主義。この時点でコールド勝ちだな」

「負けなのでは？」

「鋭いな。よほど好きじゃなきゃ野球部なんて入ったら負けだ。入っちまえば疲労困憊の感覚もけっこう心地好いモンなんだが……まあ他人に理解されるとは思っちゃいない」

「うへえ、俺には一生無理だ」

丸はかけていたメガネを外すと、カバンからケースを取り出した。中にはもうひとつ別のメガネが入っていて、そちらと入れ替え、ふたたびかける。

運動用と勉強用。時と場合によりRPGの装備みたいに使い分けているそうだ。練習中に破損させたことがあるらしく、それ以来、複数のメガネを常備するようになったらしい。

「そういやさ、新生活はどうだ？」

丸は唐突に切り出した。

親父が再婚し、新しい家族ができるという話をこの親友にはしていた。

正直、学校に友達はほぼいない。

学習塾に通うのが苦痛に感じるくらい初対面のコミュニケーションが苦手だからだ。

だけどこの丸友和とは入学以来ずっと席が近いことや漫画やアニメの趣味が合うという理由で会話することが多く、気づけば友達になっていた。運動部なのにオタクでもあるのかと思うかもしれないが因果関係は逆で人気野球漫画に影響されて野球を始めたらしく、つまりコイツは陰な運動部ではなくアクティブなオタクなのである。

アニメに影響されてジムに通ったり、キャンプにハマったりするタイプのオタクである。

でまあ当然、新しい家族ができるなんていうトピックは話すに決まっていた。

「どう、かぁ……ひと言で言うと、思ってたのと違う、かなぁ」

「妹ができたんだろ？　このお兄ちゃんめ」

「罵倒語みたいに言うなよ。……うーん、妹って言ってもなぁ」

「実妹じゃないと興奮できないとか？」

「実妹でも義妹でもそういう対象として見てないから」

それに、と俺は綾瀬さんの顔を思い浮かべながら補足する。

「妹っていうより、『女』って感じだったし」

「やらしい表現だな」

「そうとしか言いようがなくてね。正直どう接したものやら」

「ふーむ。なるほど、『女』か。まあ、いまの小学生ってマセてるって言うしな」

「小学生？　何の話？」

「妹の話だろ？」

何を言ってるんだ、と言いたげに丸は瞬きした。

何を言ってるんだ、はこっちの台詞だった。

……いや待った。そうか、俺は新しく妹ができると聞いて、勝手に歳の離れた小学生か中学生くらいの女の子が家に来るんだと勘違いしていた。親父に見せられた、綾瀬さんの幼少期の写真に何ら違和感を覚えなかったのもそのせいだ。

丸が同じ思い込みをしていてもおかしくない。

「いや、そもそもな。妹は——」

ピタ、と声を止める。

妹は小学生じゃなくて高校生だったんだ。それも同じ学校の、同学年。どこのクラスか知らないけど、美人の女子。——なんて言ってみろ、無駄に好奇心をくすぐって、あらぬ嫌疑をかけられかねない。

親友の丸になら信用して話しても、と思うが、綾瀬さんとの約束を破るわけにはいかなかった。

信用第一。俺は口の堅い男である。

「妹は、なんだ？」

「妹は……あー、想像と違ったよ。二次元にいるタイプのとは全然違う」

「そりゃそうだろう。ついに現実と二次元の区別がつかなくなったか？」

「ついに、って言われると前からそのケがあったみたいだからやめてくれない？」

「事実だろ」

「事実なら何言ってもいいわけじゃないと思うんだよ」

「まあそれが俺の持ち味だからな」

知ってる。

丸(まる)とはかれこれ一年以上の付き合いになるので、その舌が刃物のように鋭く、容赦なしに振るわれることはよく理解していた。

「とにかく浮かれた気持ちはゼロだね。むしろ気苦労というか、どんな感じに接していくべきなのか、距離感が難しくて」

「だろうなぁ」

「ところで全然話は変わるんだけど、──綾瀬沙季(あやせさき)って生徒のこと、知ってる?」

「んん? 知らんこともないが、またずいぶん唐突だな」

俺視点では延長線上の話なのだと知る由もない丸が、その太い眉をひそめた。

運動部の情報網は広い。

女子──それも綾瀬さんくらいの美人であれば、何かしら話題になっていてもおかしくない。俺はそういう話に興味ないので噂(うわさ)が耳に入ることもなかったが、以前、丸が、知りたくもない女子の噂を頻繁に聞かされすぎてうんざりしていると愚痴っていたのを覚えている。

「しかし、綾瀬か。ふぅむ……何故(なぜ)よりによって綾瀬なんだ?」

「や。まあ。なんとなく、ね? ほら、かなりの美人だし」

「やめとけ」

「えっ」

「友人として言わせてもらうが、まったくオススメしない」

「待って。何の話？」

「人の恋路に口出すのは野暮かもしれんが……」

「恋愛相談した覚えはないんだけど」

何故かそうと決めつけて話を進めようとする丸を俺は慌てて押し止めた。

「違うのか？　てっきり綾瀬に惚れたのかと思った」

「恋愛とかできるわけないでしょ。綾瀬さんと、なんて。あんな美人と俺みたいな男が釣り合うとは到底思えないし」

綺麗な金髪をなびかせる美形のギャルと、今朝、鏡の中に見た自分の冴えない顔を脳内で並べてみた俺は、乾いたため息をついた。

すると丸は何を言ってるんだと言いたげな胡乱な瞳をこちらに向けて、ゆっくりと首を振る。

「いや、逆だ。綾瀬と付き合ったら、お前の価値が落ちる」

「……はは。何それ、ウケル」

「ギャグじゃねえよ」

「なら何なのさ。あんな美人に対して、俺を過大評価するにも程がある」

「美人は美人なんだけどな。……まあ、いろいろ良くない噂があるんだよ、綾瀬には」

奥歯どころか歯間に余さず物が挟まったような言い方だ。

「よく知らん他人の陰口を言うのは気が引けるが、親友がそいつに惚れてるかもしれないと言うなら話は別だ。知らぬが仏とも言うが、知らせぬのは悪魔だろう」

「その噂について、詳しく聞かせてくれる？」

惚れてるというのは誤解だったが、そこを訂正すると義妹の説明をしなきゃならなくなる。突っ込まれると面倒なので、ここはもう勘違いされたままでいいやと割り切った。

丸は周囲を見回すとそっと俺に顔を近づけ、神妙な面持ちで声をひそめる。

「綾瀬な。してる、らしいんだよ。――『売り』」

「……は？」

「金髪、ピアス、常に不機嫌そうな顔で周囲を寄せつけない。進学校のウチにしては異端も異端の不良ギャルってことで、クラスの中でかなり浮いた存在みたいでな。渋谷の繁華街とか、ホテル街のほうから出てくるところを見たって目撃証言もある」

「ふうん。そんな噂があるんだね」

否定も肯定もせず、俺はフラットに相槌を打った。

確かに彼女の外見はそういったステレオタイプな想像を掻き立ててもおかしくない。

何度か綾瀬さんと会話した印象ではそういうことをするタイプには思えなかったけれど、頭から信用してしまえるほどには俺は彼女のことを知らなかった。

「でも、丸が目撃証言だけで信じるなんて珍しいね。噂話には疑ってかかるほうなのに」

「野球部で綾瀬に告白した奴がいてな」

「えっ。恐れられてるのに？」

「悪い噂はあるが、美人は美人なんで人気があるんだよ。俺には理解できんが」

「なるほどね」

「でまあ、そいつがな、本人に言われたんだとよ」

「……なんて？」

「『私、悪い噂そのままの女だから。誰とも付き合う気ないよ』だってよ」

微かに女声を真似ながら言う丸。

茶化してみせてはいるものの、綾瀬さんに対する丸の心証が良くないのは明らかだった。

「その部員が話を盛ってるだけって線は？」

「100％とは言い切れんが、たぶんない。というか、証言はひとつじゃないんだ。他の部でも似たような話はよく聞く」

「ひとつひとつが主観でも数が多ければ客観、か」

「そういうことだな」

言葉が真実を語るとは限らないが、少なくとも告白された綾瀬さんがそのように返しているのは確かなんだろう。

「うぅーん……パンドラ」

の、箱をあけてしまった気分だ。

まずは相手を知るべし、と『男女の科学』にも書いてあったし、よりよい距離感を測るためにも綾瀬さんの情報を知りたかったのだが、むしろますます悩みどころが増えた気がする。

噂は本当なのか？

本当だとしたら、亜季子さんや親父は知ってるのか？

知らなかったとしたら、家族として問題を報告するべきなのか？

……いや、それはない。

証拠も裏付けも取れていないのに告げ口のような真似をするのは趣味じゃない。

そもそも本当なら俺は他人の行為にとやかく言いたいとは思わない。仮に援助交際をしていたとしても本人同士で需要と供給が一致してるなら自由にやればいいんじゃないかと思うし、どうせかかわりのない人間が何をしていようとどうでもいい。

綾瀬さんとは家族になってしまったからややこしい面はあるものの、仮に噂が本当だとしても、彼女を責めようとまでは思わなかった。

ただ純粋に、彼女にそうさせる何かがあるんだとしたら、悲しいな、とだけ思う。

「で、浅村。お前のカードは？」

「……なんの話？」

「俺は手札を切ってみせただろ。お前も見せろよ。なんでいきなり綾瀬のことを訊いたりしたんだよ」

「あー。うん、まあ、想像通りでいいよ」

「はあ？　なんだよ投げやりな。気になるじゃねえか」

「言わないんじゃなく言えない。頼むからこれで察してほしい」

「オタク受けのいい漫画の台詞を引用したくらいで話を逸らせると思うなよ、おい。……ったく、せっかく情報くれてやったというのに、友達甲斐のない奴だ」

ブツブツと文句を言いながらも、丸はそれ以上は突っ込んでこなかった。

この引き際の良さが丸友和という男のいいところだ。

机に向かい一時限目の授業の準備を始める丸の後頭部を眺めながら、窓の方向へ目をやる。

頬杖をついて退屈そうな自分の顔が窓に映っているのを見て、俺は綾瀬さんにまつわる噂のことをぼんやりと考えていた。

彼女と同じクラスじゃなくてよかった、と思う。

いま常に彼女の顔が見れる環境だったら、モヤモヤした想いに囚われ続ける羽目になっていた。

家に帰ればどうせ襲われる感情なのだが、そうとわかっていながらも一分でも長く引き延ばしたいのが人情だった。

――引き延ばしたいと思っていたその時は、意外とすぐに訪れた。

具体的には二時間後。

運命は無情だ。

毎週月曜日の三時限目には体育の授業があった。

しかも季節が悪かった。

この時期、我が水星高校は球技大会を間近に控えているせいか、練習試合を組むために、学年の中から二クラスずつ体育の時間をまとめてしまうことになっている。

そしてその合同授業の開始はちょうど今日からだった。

「ほらほら、いっくよー！　秘打・大天空サーブ！　せぇぇぇぇぇいりゃあっ！」

校内のテニスコート。

厚みがかった灰色の雲の下、天真爛漫な声が漫画じみた必殺技を叫ぶ。

声の主はラケットを振るう体操服姿の女子生徒。

赤く染めた明るい髪。小柄な体。ちょこまかと動き回る姿は赤毛のハムスターのようだ。

他のクラスの女子とはいえ、その子の名前だけは俺も知っていた。

奈良坂真綾。

良く言えば元気、悪く言えばやかましいと噂の学級委員。

そのエナジードリンクを頭からかぶったような底抜けの明るさと、大阪のおばちゃん級の面倒見の良さ。そして人好きのする可愛い系の顔立ちもあってか、学校中に友達がいるらしい、陽キャの中の陽キャ。リア充オブリア充。

うちのクラスにも当然のように奈良坂さんの友人ネットワークは存在し、頻繁に雑談を

しに顔を出してくるので、いくら学校内の噂に疎い俺でも流石に認識できた。

そんな奈良坂真綾が打ち上げたボールは、高々と雲間に吸い込まれていき、対戦相手、ギャラリー、この場のすべての人間がその行方を見失う。雲を切り裂いてミサイルの如く着弾する瞬間を待って、誰もが息を呑む。

一秒――。二秒――。三秒――。

「ちょ、どこ打ってんの。どっか飛んでっちゃったんだけど⁉」

その見事すぎる場外ホームランに奈良坂さんの相手をしていた女子生徒が悲鳴のような声を上げる。

「あっはっはー、ごめんごめん！」

「もお。なんで無茶苦茶な打ち方するの？」

「そのほうがカッコイイから！　キリッ」

「キリッ、じゃねーよーコイツめぇ～。うりうりうりうりうり」

「やーん、つむじグリグリはやめて～」

軽い調子で笑う奈良坂さんにヘッドロックを極めて、げんこつを頭頂部にねじるように擦りつける女子。

可愛い見た目の女子たちがあんなふうにじゃれ合う姿はとても絵になる。

実際、うちのクラスの男子連中も、そのほとんどが彼女たちのやりとりに目を奪われていた。

けど、俺だけは違った。

美少女たちの花園風景に目もくれず、俺が視線を向けていたのはただ一点。

コートの片隅、目立たない場所でひっそりと金網に背中を預けている人物。

ラケットすら持たず、ジャージのポケットからイヤホンのコードを伸ばして耳にはめ、ぼんやりと虚空を見つめながら何かを聴いている。

綾瀬（あやせ）さんだ。

あまりにも堂々としたサボり姿。その振る舞いに一切の後ろめたさがないせいか、彼女のその姿はあたかもそうしているのが当然なのだとばかりに自然に溶け込んでいた。

誰ひとりとして違和感を覚えていないようで、周りの生徒たちも、監視役の体育教師でさえ、注意しにいくそぶりを見せなかった。

クラスで浮いてる援交不良ＪＫ。そんなタイトルの絵画があるとしたら、こういう風景を切り取ったものなんだろう。

楽しげに話しながらボールを打ち合う生徒たち。その華やかな空気の中、霞（かす）んだ存在感を生かしてこっそりと綾瀬さんの側（そば）に近づく。

金網に背を預けて座り込み、日陰で休憩するフリをして、

「サボり？」

さりげなく声をかけた。

綾瀬さんは胡乱（うろん）げにイヤホンを外してこちらを見ると、大きな目を軽く見開いた。

「びっくりした。なんで普通に話しかけてきてるの」

「知った顔がサボってたら気になるでしょ」

「ふうん。兄として妹にお説教したい、と」

「や、そんなこと言わないよ。説教できるほど立派な人間ってわけでもないし。ただ綾瀬(あやせ)さんもテニスを選んだんだなぁって」

「真綾(まあや)に勧められたからね。同じ競技にしとこうって。もちろん理由はそれだけじゃないんだけど」

「真綾って、奈良坂(ならさか)さんだよね。仲、いいんだ？」

コートのほうへ目をやった。

女子生徒たちと楽しげに語らいながらボールを追いかける赤毛女子。かなり目立つ。

「いいよ。というか、真綾と仲悪い女子、いないと思う」

「文字通りの友達１００人か。すごいな」

１クラスに女子は20人。８クラスあるのでざっと学年１６０人。とんでもない数字だった。

「真綾も、本当に気を許せる友達って意味ではそこまで多くないかも。友達じゃなくても仲良くなれるからこその陽キャって印象」

「あー、しっくりくる」

妙に納得した。

「浅村くんは、なんでテニスにしたの？」

「えーっと、言わなきゃだめかな。褒められたもんじゃないんだけど」

「大丈夫。私ももう一個の理由は情けないやつだから」

何が大丈夫なんだろうか。恥と恥を出し合ったら相殺するカードゲームじゃないんだぞ。じーっと、無表情なのに雄弁に先を促す綾瀬さんの視線に観念して、俺は素直にテニスを選んだ動機を語った。

「本番で、団体戦がないから」

丸が参加しているソフトボールやバスケ、サッカー等は完全なチーム戦だ。

テニスだけはチーム戦もダブルス分野もなく、完全に個人シングルスのトーナメントのみとなっている。首尾よくクラスの仲間が勝ち上がっていけば、どこかで同じクラス同士の対決が実現することもある仕組みだ。

「団体戦だけは絶対に嫌だったんだよね。だからテニスにした」

この言葉を聞いて何を言ってるんだとツッコミを入れる人がいたら、その人はきっと幸せだ。

他人に期待するのも、期待されるのも苦手。自分のミスでチームに迷惑をかけるかもしれないと考えるだけで億劫。

そんなめんどくさい思考に悩まされることなく生きているなら、人生の八割くらい得をしている。

「へえ……つくづく気が合うね」

だから、俺のその言葉に共感できてしまうということは、自身が陰の者であると告白しているに等しいのだ。

「綾瀬(あやせ)さんも？」

「うん、まあ。直接のきっかけは真綾(まあや)に提案されたからだけど。もともとチーム戦はやりたくなかったんだよね。浅村(あさむら)くんもうすうす察してると思うけど、私、他の子たちと距離取ってるし」

悲しい内容なのに一切の寂しさを匂わせることなく綾瀬さんはドライに言った。

あきらかにスマホで音楽を聴いてサボっている彼女を見咎(みとが)める生徒は誰もおらず、まるでこの周囲の空間だけ並行世界に切り取られてしまったのかと錯覚させられる。

半透明に透けてるんじゃないか？　そう疑い、目を凝らして彼女の姿を見てみるが、体の輪郭はハッキリしているし洒落(しゃれ)た化粧品の香りも漂ってきた。むせ返るほどの存在感に、すこし顔が熱くなるのを自覚して、さっと視線を外す。

「もしかして、教室でちょっと浮いてたり？」

「意外？」

「まあ。オシャレな女子って、教室の中心にいるイメージだった」

「一般的にはそうだね」

その台詞(せりふ)は、私は違うけど、という意味を含んでいた。

悪い噂があるというのはきっと本当なんだろう。噂の内容が本当かどうかは別として。学校の大勢が綾瀬さんに対する噂を信じている。

「でも、いまの立場は悪くないよ。……球技大会とか心底どうでもいいし。時間の無駄に感じるし。構わないでいてもらえたら、そのぶん自分のためだけに時間を使える」

「音楽を聴く時間？」

「え？　……あー。まあ、ね」

綾瀬さんは歯切れ悪くそう言って、微かに目を逸らした。

何か隠している。あきらかにそんな反応だったが、これ以上先にずけずけと踏み込むのは失礼だろうと思って俺は口をつぐんだ。

言える内容だったら本人が言いたくなれば勝手に言う。そのタイミングでないのに聞き出そうとするのはただの出歯亀で、最も嫌いな種類の人間の行いだ。

「今度こそ決めるよ！　必殺！　超天空サーブ！」

「さっきと技名変わってて草ァ！」

奈良坂さんとその友達のはしゃぐ声がまた聞こえてきた。本当に声が大きいな、彼女ら。

ふと気になって、綾瀬さんを見る。

「奈良坂さんと練習はしないの？　普通に考えたらテニスに誘ってきたのは一緒にプレイしたいからだと思うんだけど」

「しないよ」

「まさかの即答」

「私が望んでないから。こうしてサボるのも織り込み済みで真綾は私を誘ったの。……ま、そういう柔軟性も人気者の秘訣なんだろうね」

そう口にしたときの綾瀬さんの声からは、いつもの硬さがほんのりと取れているように感じられた。

見た目。サボりの行動。本人の言葉。

そのすべてが彼女の噂が本当であると語っているのに、彼女の内側から滲み出ている雰囲気はそういった外側の情報をすべてかき消してしまう。

綾瀬沙季という人間の本質は、どこにあるんだろう?

答えにたどり着くには、俺はまだ彼女のことを知らなすぎた。

学校が終わって帰宅するとちょうど亜季子さんが家から出てくるところだった。

「あら、悠太くん」

「あ……ただいま帰りました」

「お帰り～。お夕飯は作っておいたわよ～」

「ありがとうございます。……でも、よかったんですか? 今からお仕事なんですよね?」

「そうなのよぅ。お引っ越ししたばっかりなのに、あわただしいったらないわぁ～」

頬に手を当て、おっとりと言う義理の母。

肩を上品に露出した高級感のある服。眩暈がしそうなほど濃厚な香水の匂い。大人の色気をたっぷり含んだその姿は魅惑の鱗粉をふりまく蝶のようだった。

これから夜の街に飛び立っていくのだと言われたら普通に納得できてしまう。

「親父もいつも忙しくて、夜はひとりで適当に食べることも多かったんで。作るの大変なら、無理しなくてもいいですよ」

「私も沙季とふたりのときは、そういう日がほとんどだったんだけどね～。同居を始めてすぐだし、さすがにね～」

「無理して倒れられちゃうほうが困るんで。ホント、無理だけはしないでくださいね」

「うん。たぶん明日からはお言葉に甘えちゃうかも。……沙季もお料理はできるし、当番制にしてもいいかもね～」

何気なく放たれた言葉にピクリと耳が動く。

綾瀬さんが料理する姿を脳裏に浮かべ、あまり似合う光景じゃないなと直感的に思ってしまう。

それと、金髪ピアスの女子高生の姿を思い浮かべたことで、彼女の悪い噂についても、思い出してしまった。

その連想のせいなのか、胸のうちに生じた疑問が口から自然とこぼれ落ちた。

「ちなみに職場ってどちらにあるんですか？」

「渋谷の繁華街のほうよ～」

「……どんなお店です？」

「あ、変な想像してるでしょう。もぉ〜」

探りを入れるつもりの俺の言葉に、子どもっぽく頬をふくらませて応える亜季子さん。

図星だった。態度に出す気はなかったが、大人の洞察力はごまかせなかったらしい。

「普通のバーよ。やらしいサービスとかはしてないし、そもそもお客さんとはカウンター越しなんだから」

「接客じゃなかったんですか」

「ある意味、接客も兼ねるけどねぇ。私、バ・ー・テ・ン・ダ・ーなのよ〜」

亜季子さんはシェーカーを振る仕草を見せた。流れるような洗練された動作からは素人の目から見てもあきらかな完成度。

嘘じゃなさそうだ。

「誤解しててすみません。てっきり……」

「夜のお店と聞いたら、そっち方面の接客業だと誤解しても仕方ないわよ〜。そういうステレオタイプで見られるのは当然だし、何より悠太くんはまだ学生だもの。夜の街にどんな種類のお店があるのか、ものすごーく詳しかったら、それはそれで問題じゃない」

「それもそうですね」

考えてみればあの父親がガールズバーやらキャバクラの女性を口説けるはずもなかった。

地味。平凡。質素で、堅実。

とても華やかな夜の世界で派手に遊べるようなタイプじゃない。

物心ついてから十年以上もの間、その背中を見続けてきた俺が言うのだから間違いないだろう。

「おっと。そろそろ行かなきゃ。悠太くん、沙季のことをよろしくね」

「あっ、はい。行ってらっしゃい」

バイバイと手を振って、亜季子さんはあわただしくマンションの廊下を駆けていった。

その姿はまるで夜の街に飛び立つ蝶？

NO。公園の芝生でばたつくチワワのほうが近い。

外見や職業から想像されるステレオタイプな印象がどれほど的外れか、まざまざと見せつけられた。

エレベーターのほうに消えていく亜季子さんを見送って、俺はドアを開ける……。


家の中。自分の部屋。

本来は気が抜ける場所のはずなのにやけに落ち着かないのは、ドア一枚隔てた向こう側が、他人の領域になったからだろう。

廊下もリビングも洗面所も、もはや俺と親父だけの空間じゃない。

その事実を意識するのもマナー違反な気がして、俺は、机の上に開いた参考書をかじりつくように見つめた。

勉強することしばし。気づけば一時間以上が経っていた。

集中状態の俺を現実に引き戻したのは、玄関ドアを開閉する音だった。

それから遅れて足音が聞こえ、隣の部屋に人が入る音。

「おかえり」

と口にした挨拶に返事はない。音量不足で部屋の壁に遮られ、届いていないんだろう。

挨拶を返されていたとしても特に会話する内容も思いつかないしなと自分を納得させ、すぐに机に向き直り勉強に勤しむ。

壁越しに聞こえる足音と床に学生鞄を置くような音、クローゼットを開けて中のカラーボックスから衣服を取り出そうとする音……。

おっといけない。生活音をつぶさに意識しているのはさすがにキモいが過ぎる。

脳内で生じる心の声を参考書の文字で塗りつぶして、綾瀬さんの気配が消えるのを待つ。

「浅村くん、入っていい？」

しかし綾瀬さんは消えるどころか俺の部屋のドアをノックし、声をかけてきた。

「あー……いいよ」

一瞬、室内の状態を確認し、問題なしと判断してから俺は返事をした。

「お邪魔しまーす」

「え。えーっと、何？」

「あっ勉強してる。頑張ってるんだね。テスト時期でもないのに」

「まあ、人並みにね」

べつにいつも勉強ばかりしているわけじゃない。普段は漫画やゲームも生活ルーチンの中に入っている。

しかしそれらは基本的に部屋の真ん中でだらけた姿でやったり、ベッドの中でやったりするのが習慣になっていた。

それは他人に見られることを意識していないからこその姿であって、薄い壁ひとつ先で綾瀬さんがいると思うと、なかなかやる気になれなかったのだ。

「良い大学に入りたいとか、考えてるの？」

「悪い大学に入りたい人はあんまりいないと思うよ」

「バイトと勉強、両立してるんだね」

「そこ不思議がるところ？」

べつに噛み合わない二つというわけじゃないだろうに。

「時間をお金に換えるのがバイトでしょ。勉強も時間をかけただけ成果が上がる。だから、両立させるのは難しいと思うの」

「難しいこと考えるんだね。そういうの、意識したことなかったよ」

「ふぅん……。あのさ」

何か言いにくそうに目を逸らし、指で落ち着きなく髪先をいじる。

光の加減だろうか、あるいは別の理由か、ほんのりと頬を赤らめている。

さっきの短い会話でも充分わかる知性と意外にもウブな表情の変化を見ていると、学校で噂されているような売り上等のヤリマン、不良女の疑惑はシロなのではないかと思えてくる。

数秒の間を空けようやく覚悟を決めたのか、綾瀬さんはきりっと目に力を込めた。

「短時間で簡単に稼げるワリのいい高額バイト、知ってたりしない？」

「クロじゃないか」

「え？」

「あ、いや、何でも……」

思わずツッコミが口からこぼれてしまった。

言い訳の効く台詞内容で助かった。売ってるじゃないか、とつぶやいていたら言い訳の余地もなくアウトだった。

「お金は欲しいけどあまり時間を使いたくなくてさ。一時間とか二時間の拘束でサクっと一万円以上稼げるようなバイトがあるといいんだけど」

「普通の仕事だと、ないだろうね」

平静を装いながら答える。

鉄仮面をかぶってどうにか冷静さを保とうとする。

「そっか。やっぱり売るしかないかぁ」

防具をやすやすと貫通してくるのはやめてほしい。

義理とはいえ妹。家族になったばかりの女の子から、いったい何を聞かされてるんだ？

「稼ぎたいなら自分を売るべし、って本にも書いてあったしなぁ」

どんな本だよ。

高校生が読めるような場所にロクでもない本を置かないでほしい。もっとも、バイト先の書店でもコミックエッセイ売場にエグめの内容のものがあった気がするのであまり強くは言えないのだが。

「あのさ、綾瀬さん。あんまりこういうこと言うのはマナー違反かもしれないけどさ」

「いいよ、言って。私から質問したんだし」

「もっと自分の体を大切にしたほうがいいと思うんだ」

「大げさじゃない？　同年代でもやる人はやってるし」

「他の人は関係ないでしょ。自分が自分を大切にするか次第だよ、そこは」

「私は私のこと大切にしてるよ。だからこそお金をたくさん稼いでおきたいの」

おっさんの説教みたいなことを言う俺に対して、綾瀬さんが向ける目は驚くほど真剣だ。

援助交際。パパ活。裏垢（うらあか）女子。

アングラに潜る女子なんてみんな軽薄なノリでそういった行為に走るんだと思っていた。けれど彼女の何かに追い立てられているかのような瞳は、脳の根っこに植わった思い込みを引っこ抜いてしまうほどの力があった。

しかしどんな覚悟のもとで決めたことであろうと、駄目なものは駄目なんだ。

赤の他人ならいざ知らず、妹になる女だというなら尚更。

さっき玄関ですれ違った亜季子さんの、娘を信頼しきっているゆるやかな表情に罪悪感がくすぐられたのもある。

「それさ、亜季子さんの前でも同じこと言える？」

「……言えるけど？　むしろ沙季も大人になったのねって喜びそう」

「すごい教育方針だね」

「浅村家は違ったの？　浅村くんがそういうこと始めたとき、お養父さん、喜ばなかったのかな」

「喜んだら大問題でしょ。確かに親父はしょうもない奴だけど、子どもがやってたら流石に悲しむ……っていうか、なんで俺がすでにやってる前提なの？」

「えっ。だって昨日、行ってたじゃん。……アルバイト」

「……。アルバイト？」

「うん。アルバイト」

ふたりの間に奇妙な沈黙が流れた。

いったいどこからずれていたのか、結び間違えた紐を頑張って解きほぐそうとするかのように記憶をたどる間、無言になってしまう。

すると綾瀬さんもようやく何かが噛み合っていないことに気づいたらしく、その細長い目をさらにきゅっと細めて訊いた。

「何の話だと思ってたの？」

「高額裏風俗的な話かと」

「……は？」

人生で聞いた中でも一、二を争うほど冷たい声だった。

「あー、なるほどねぇ。私が『売り』をねぇ」

「本当にごめん！　この通り！」

あれから互いに認識のずれを修正するためにすり合わせをし、何となく状況が見えてきたところでお腹が減ってきたので食卓に移動した。

亜季子さんが出かける前に準備してくれたらしい、野菜炒めに味噌汁に揚げ物といった、オーソドックスな家庭料理を温め直してふたり分の夕食として皿に盛りつけた。

いただきますをして、互いに味噌汁をひとくちすすったところで綾瀬さんが不服そうな声を漏らすに至ったのだった。

誤解の内容があまりに失礼で言い訳の余地もなく、俺はただ両手を合わせて頭を下げた。

その姿にあきれたのか、綾瀬さんは深くため息をついた。

「顔あげていいよ。噂になってるのは知ってるし。この見た目だと、そーゆー誤解をされること多いんだよね。ま、面倒な人を遠ざけたいときに便利に噂を利用してる私も悪いんだけど」

「綾瀬さん……」

強がりを言っている雰囲気じゃない。

だからこそその淡々とした物言いに、彼女自身が晒されてきた偏見と噂のタチの悪さを実感せずにいられなかった。

しかし不思議だ。

彼女はどうやら自分のファッションがあらぬ誤解を受ける可能性があるのだと、客観的に理解しているようである。そうとわかっていながら、何故その服装を選択しているんだろうか。

そんな疑問を俺が抱いていることを察したのか、野菜炒めをつまんだ箸を自分の小さな口に運ぶ手を止めて、綾瀬さんは言う。

「不思議がって当然だと思う。自分でわかってて、なんでこんな格好してるのかって」

「うん、まあ……多少は、気になるかな」

「武装モード」

「え？」

「丸腰で戦場に出る人はいないでしょ。私にとってこの姿は、社会を渡っていくための、武装そのものってこと」

そう言って綾瀬さんは、ちょいちょいと指で耳元をさす。

指先でキラリと輝くのは洒落たピアス。

しっかりと器具を使ってあけた穴にはまったアクセサリ。同年代のギャル……に限らずオシャレに興味を持ち始めた女子の中でも、勇気を持って踏み出せた者だけが至る領域。中学においては同い年から英雄視され、大人からは不良生徒だと注意される世代矛盾を浮き彫りにする、一種の通過儀礼。

大人になるにしたがって、なあなあで、空気感で、何となく文句を言われなくなっていく謎の倫理観で語られる行為。

たった数ミリの金属、少女に複雑な定義を与えてしまうそれを見せつけられた俺の口からとっさに出てきた言葉は、

「防御力が上がるの？　それとも二回攻撃できるようになるとか？」

「ぷっ……面白いこと言うね」

ウケた。

単に思考速度が追いつかず、自分の脳味噌(のうみそ)の一番浅い部分にあるゲームやゲームを題材とした小説から拾ってきた言葉がするりと出てきただけなのだけど。

「ま、当たらずとも遠からずかな。攻撃力と防御力の両方を上げるのが目的だから」

「物騒だね。ファンタジーならいざ知らず、現実世界はこんなにも平和なのに」

「戦いはあるんだよ。見えないところでね」

裏世界での闘争に誘うヒロインみたいなことを言う綾瀬さん。このまま平々凡々な俺は人知れず行われる血で血を洗う異能バトルの世界にいざなわれていく……はずもなくただ

の高度な修辞学的表現なのだと、国語がそこそこできる俺は理解した。

『沙季&悠太くんへ。温めて仲良く食べてね』

そう書かれたメモ紙、野菜炒めのラップを剝がした後、食卓の隅に置いていたそれを綾瀬さんはちらりと見る。

「もしかして今日、お母さんと入れ違いになった？」

「うん。学校から帰ってきたら、ちょうどね」

「仕事に行くときのお母さん、すごくきれいだったでしょ」

「それは、まあ、うん。そうだね」

歯切れの悪い返事をしてしまう。仮にも母親になった女性を、血のつながった娘の前でどう褒めれば良いのかまったくわからなかった。

すると綾瀬さんは俺の顔をじっと見つめたまま、声を小さくする。これから怪談を語る語り部のようなあらたまった口調で……。

「でも、最終学歴は高卒なの」

「へえ、そうなんだ」

意外にも普通すぎる内容に、思わず乾いた反応を返した。

すると綾瀬さんは意外にも意外そうな顔をして、

「何も思わないの？」

「……思わないけど」

「高卒。美人。水商売。この三つの条件が揃ったら？」

「高卒で、美人で、水商売で働いてるんだなぁってだけだけど」

何をあたりまえのことを言ってるんだろう。

それぞれの要素に固有のイメージはあるが、重なったところでそれ以上に思うことなんてあるはずもない。

「ふぅん。浅村くん、フラットなんだ」

そうつぶやいて野菜炒めを口に運ぶ綾瀬さん。

クールな無表情の中にほんのりと嬉しそうな感情が含まれていると感じるのは、悲しき童貞の勘違いなんだろうか。そうではない、と言い切れるほど女の子の心理に詳しくないのが歯がゆいところだ。

「そういうスタンス、すごくいいと思う」

「童貞に優しくて助かるよ」

心中を素直に言葉にしてくれればメンタリストなスキルがなくてもコミュニケーションを取りやすい。

綾瀬さんの目が一瞬で曇る。童貞は余計なひと言だったかと背筋が冷えた。

しかし軽率な下の発言を咎める雰囲気ではなく、それよりも一段階シリアスな重みをこめて彼女は口を開く。

「フラットじゃない意見を私は知ってる。高卒で、美人で、水商売。つまり頭が悪くて、見た目が良いことだけを武器にして、日陰の世界で稼いでるんだろって。お母さんが、そんなふうに侮られるところを何度も見てきた」

「ナンセンスだ」

確かに学歴と頭の良さの相関について、一定の傾向はあるだろう。

だがそれは、個人の資質を測る絶対の定規じゃない。

マクロの観点で正しくても、ミクロを見たらいくらでも例外はいるはずだ。そう言われることが多いよね、と、だからその人はそうなんだ、の間には大きな違いがある。

そんな簡単なことも理解できない奴は知能が低いと言わざるを得ないだろう。

……と、読売先輩に借りた本にそんなことが書かれていた。本の影響力はすさまじい。

たかが高校生の自分が人生の熟練者気取りでモノ申すつもりは毛頭ないのだが、つい反射的に読んだことある本の価値観が引用されてしまった。

でもそんな受け売りの言葉を聞いた綾瀬さんの顔は、すこし紅潮していて、興奮気味に前のめり。

「だよね。ナンセンスだよねっ」

「う、うん」

「しかもそういう声って、ズルいんだ。巧妙に逃げ場のない論理展開をしてくる」

「たとえば、どんな？」

「頭が良くて外面が悪いと、いけ好かないインテリ女。外面が良くて頭が悪いと、カラダで地位を獲得してる枕営業女。誰かに頼れば美人なら寄生すればいいからラクと言われ、ひとりで努力すれば頼る男もいない可哀想な奴と言われる」

「ああ……なるほど。そういうのって、あるよね」

「男子もあるよね、きっと」

「あるある。好きな子にアピールしようとしたら、キモい、セクハラ、犯罪者と呼ばれるのに、それじゃあ恋愛なんていらないやと言えば、強がり、ムッツリ、童貞のひがみって言われるやつ」

「すごく具体的だけど浅村くんの実体験？」

「SNSとかでそういうの流れてくるからさ。先にその手の体験談を見ちゃったせいか、自分の実体験にしたくないんだよね。めんどくさくて。最初から色恋沙汰みたいなのにはかかわらないでいようって決めてるんだ」

「なるほどね。なんとなくわかるなー、そういうの」

すっぱい葡萄がどうたらと、有名なイソップ寓話の引用で揶揄されかねない俺の考え方に綾瀬さんはあっさり同意してみせた。

共感できる部分があると感じてくれたのか、彼女の声と表情からすこしだけ硬さが消えた。

「そういうわけでさ、私のこの姿は武装なんだよね」

話が戻ってきた。

「オシャレを完璧に。第三者から美人だ、きれいだ、って言ってもらえるレベルにどうにか自分を引き上げた上で、学業も、仕事も、何もかも完璧な強い人間になる。そのための第一歩。くだらないステレオタイプを押しつけてくる奴らをねじ伏せられるような、強い人間になるための、ね」

いつものように淡々とした口調。だけど彼女のその声には、強い感情が滲んでいる。

──俺と逆だ。

押しつけられる役割が面倒で、かかわらないようにフタをして逃げているのが俺。綾瀬さんは世間にツバ吐き殴りかかるストロングスタイルだった。

でもその強すぎるスタンスにはほんのすこし危うさも感じる。

「大丈夫、それ？　すごく疲れそう」

「体力と引き換えに見返せるなら本望だから」

誰に対して？

そんな疑問が脳裏をよぎったが、それを訊くのは野暮な野次馬根性な気がして、口には出せなかった。

同い年とは思えない老成した価値観を持つに至ったのには、もしかしたら本当の父親、亜季子さんの前夫にあたる人物の影響があるかもしれない。

もしそうだとしたら、ずけずけと踏み込むのは嫌だ。

自分だって、本当の母親について探られたら良い気分はしないのだから、相手のことも探らないのがマナーだろう。

そんなことをぐるぐると考えているうちに返す言葉を見失っていると、綾瀬さんのほうから沈黙を破ってきた。

「浅村くんも私と同じなんじゃない？」

「綾瀬さんみたいに強くないよ、俺は。社会の目と戦う気なんて起きないし」

「でも根っこにあるのは、他人の期待がめんどくさくて、誰かに期待するのもめんどくさいって気持ちでしょ」

その通りだった。だからこそ最初にファミレスで会った日、俺たちはお互いに気持ちよくスタンスをすり合わせられた。

「他人の目、他人の期待。そういうめんどくさい色々から解放されるには、独りで生きていけるだけの力が必要なの」

「なるほどね。高額バイトを探してる理由もなんとなくわかった」

「へえ。勘がいいんだ」

「ここまでヒントがあったら鈍くてもわかるよ」

感心するような綾瀬さんの物言いに、俺は肩を落としながら続けた。

「自立して生きていくため、でしょ」

「正解。……ごめんね」

そう言って、綾瀬さんはばつが悪そうに目を伏せた。

謝罪の意味を訊ねたりしない。

いままでバイトをしていなかったであろう綾瀬さんが、俺たち浅村家との共同生活が始まったこのタイミングで高額バイトを探し始めた理由なんて、わざわざ根掘り葉掘り質問を浴びせるまでもなく明白だった。

他人に寄りかかることなく。他人に期待することなく。ただ強く気高い自分のまま独りで生きていく。そんな孤高の決意を抱くに至ったのは寄りかかれてしまいそうな『他人』が、すぐ近くに現れてしまったから。

「正直、アルバイトで、簡単に稼ぐ方法はないよ。書店の時給も高額とは言いにくいし」

「そう……」

綾瀬さんが残念そうにうなだれる。

「なら、諦めるしかないのかな」

「自分で色々調べたりしないの？」

「一から情報を集めるために本腰を入れると、勉強時間がなくなりそうで。もともとバイトとかしないで来たから、情報ゼロの状態なんだよね。たくさん時間を使えば解決しそうなんだけどコスパが良くないっていうか。私、そんなに頭よくないから、成績か高額バイトの情報集めか、どっちかを犠牲にする必要がありそう」

「なるほど。バイト経験があったり、身近な人の数が多い俺のほうが情報集めのコスパは良いのかも」

俺も友達が多いというわけではまったくないが、さっきの話を聞くに綾瀬さんはかなりの孤独体質だ。

奈良坂さんとは友達らしいけど、それ以外との関係は築いてなさそうに見える。

「短時間で稼げる方法を探す手伝い、できるかも」

「本当？」

「うん。学校にひとり、情報通の友達がいるし」

もっとも、友達はそのひとりしかいないわけだが。

「バイト先の先輩も博識だから何か知ってるかも。ちょうど明日バイトがあるから、何か知らないか聞いてみるよ」

「ありがと。でも、あんまりもらいっぱなしっていうのもアンフェアだよね」

綾瀬さんは味噌汁に口をつけて考える。

「味噌汁」

「え？」

「毎日、味噌汁を作ってほしい」

ごく自然に食卓を囲んでいる、すこし前まで他人だった同い年の女子。そんな非日常的な光景を見ていたら、自然とその言葉が出てきた。

お椀に口をつけたまま数秒、綾瀬さんはぽかんとしていた。

「愛の告白？」

「や、そうじゃなくて」

無理もない。

台詞だけを抜き出したら完全にプロポーズの言葉だ。

亜季子さんが毎日夕飯を作るのは厳しいと言ってたなぁ、とか。

当番制となると自分も作らなきゃいけないのか、親父とふたりで暮らしてたときは出前やレトルト、コンビニ飯で済ませてたけどそうはいかなくなるよなぁ、とか。

だけどバイトもあるし勉強もしたいし本も漫画も読みたいし交代制とはいえ料理をする時間はあるのかなぁ、とか。

手作りの味噌汁を飲んだの、何年ぶりだろう。インスタント味噌汁よりちゃんと美味いものなんだなぁ、とか。

今日、地味に頭の中を飛び交っていたさまざまな想いがない交ぜになって、ぬるりと出てきたのがその台詞だったのだ。

「まあ、いいけど。料理つくるの、べつに嫌いじゃないし。わりと得意だから、情報集めと違って、私にとってはたいしてコスト高くないし」

納得してくれたらしい。

「俺は綾瀬さんにお金の稼ぎ方の情報を教えて――」

「私は浅村くんにご飯を作ってあげる――」

行儀が悪いとわかりながらも俺たちは、指で互いの顔をさしながら、取引の成立を確認し合った。

●6月9日（火曜日）

朝。今日も妹に起こされるようなドラマチックなイベントは起きなかった。

昨夜も綾瀬さんは俺のあとに風呂に入り、俺が寝ついた頃に眠り始め、俺が起きるよりも先に起きて身だしなみを整えているんだろう。

「大変だよ、悠太!!」

廊下に出ると、シェービングクリームで化粧したピエロと遭遇した。

訂正。身支度途中の親父だった。親父は血走った目を見開いて、泡だらけの口をパクパクさせながら、リビングのほうを指さしている。

「なに取り乱してるの？」

「身支度をしようとひげを剃り始めたところなんだけどね」

「だろうね」

「キッチンのほうから怪しげな物音がしたから見に行ってみたら」

「みたら？」

殺人事件の導入か、というツッコミを胸のうちにしまって訊いてみる。

親父は熱がこもった声で、演説する独裁者みたいなポーズで言った。

「さ、沙季ちゃんが……朝ごはんを作ってるんだ！」

「驚愕の事実みたいに言われましても」

「驚愕だよ！　まさか僕の人生で、自分の娘が作った朝食を食べる時がくるなんてなぁ」

眼鏡の奥の瞳にたんまり涙を蓄えて感激している。うれしいのは結構だが、泡を廊下に落とすのはやめてほしい。

「はあ……いいから、さっさと顔を洗ってきなよ」

「冷たいなぁ、悠太は。沙季ちゃんみたいにもっと可愛げがあってもいいのに」

「綾瀬さんに、かわいげ？」

ドライでクールなギャルの顔を思い浮かべ、首をひねる。

確かに顔はかわいい。かなりかわいい側の女子なのは間違いないだろう。

だけど、かわいげ、という日本語の語感がしっくりくるかというと話は別だった。

……なんて、失礼なことを考えながら親父を洗面所に押し込め、リビングへ向かうと、香ばしい胡椒の香りが漂ってきた。

「目玉焼き？」

「オーソドックスだけどね。朝くらいは工夫なしでも文句なしでお願いしたいかな」

「文句はないけど、ひとつ言わせてもらってもいい？」

「その導入、ものすごく文句が続きそうだけど……。まあ、どうぞ」

「なんで朝食を作ってるの？」

昨日はしていなかったはずだ。朝はトーストなどでお茶を濁せるし、誰かが誰かのぶんを無理に作らなくてもいいと思っていた。

「なんでって、取引したでしょ」

「昨日の話？　あれって夕飯の話じゃなかったんだ」

「夕飯の話だけど。まあついでに朝も作ろうかなって思っただけ。ギブ&テイクはギブを多めに、っていうのがポリシーだから」

「なるほど……」

あいかわらず律儀、を通り越して、ドライな反応。

制服の上にエプロンをつけてフライパンを振るう綾瀬さんの姿。朝から妹の手料理風景という世の男子垂涎（すいぜん）ものの光景。だけどそれはやはり妄想されがちな義理の妹像とは大きくかけ離れていた。

綾瀬さんにだけ働かせるのに罪悪感を抱いた俺は、何か自分にできることはないだろうかと考えて、とりあえず食卓を台拭きできれいにしておくことにした。

キッチンからこちらの様子をちらりと覗（のぞ）いた綾瀬さんは、つるりと光を反射する食卓を見てあっと口を開く。

「……ありがと」

不器用に感謝の言葉を述べると彼女は目玉焼きをのせた皿を三つ運んできた。家族なら当然の気遣いでしかないだろうにその台詞（せりふ）が出てきてしまうのは律儀な綾瀬さんらしかった。

目玉焼きに続いて運ばれてきたのは、白米と味噌汁（みそしる）。どちらも炊き立て、できたてで、香ばしい匂いとともに湯気を上げている。

「いつ準備したの？」

「昨夜、寝る前に。……まあ、これぐらいはね」

何でもないことだとばかりにクールに言い放つが、当然の顔でしているそれは俺が何年も面倒がってきた作業なのだから頭が上がらない。

俺と綾瀬さんが向い合わせの席に座って、手を合わせて、いただきます、と声をそろえたところで身支度を終えた親父がやってきた。

食卓に並ぶ、ごくあたりまえの朝食を前に目を輝かせる。

「感動だぁ……」

「あはは。大げさですよ、お養父さん」

苦笑してみせる綾瀬さん。俺に対してのドライでクールな顔とはまた違った表情に見えるのは、これから世話になる大人への礼節を考えてのことなのだろうか。

距離の取り方といい会話の内容といい、妹というよりはむしろ同居を始めたばかりの嫁のようだ。

結局、親父は終始うまいうまいと何の変哲もない目玉焼きをうれしそうに、そしてかなりの速さで掻っ込むと、そろそろ出勤時間だとあわただしく家を出て行った。

食べるの速すぎだろうとあきれてしまう。もっとも、普段は俺ももうすこし速いほうなのだが、今回はある理由で遅れ気味になっていた。

「まずかった？」

理由は特に言うまいと黙ったまま遅いペースで食べ続ける俺に、綾瀬さんは不安まじりの視線を向けてくる。

「そういうわけじゃないんだ」

「気を遣わなくてもいいよ。口に合わないなら、改善するし」

「いや、本当に」

あくまでも基本に忠実、変なアレンジをすることもなく、きっちりと教科書通りのものを作ったんだろう。黄身や全体の形が崩れたりもせず、きれいな円を描くそれは、味も食感も見た目通りの完成度だ。

過度なメシマズ属性を持っていないあたりも、二次元世界の架空の妹と違って、平淡でドライな義妹（ぎまい）である。

ではどうして箸が進んでいないのか、そのあまりにもしょうもない理由を俺は途切れ途切れの声で明かしてみせた。

「ただ、目玉焼きには醤油（しょうゆ）をかけることが多かったから……ちょっと、慣れなくて」

本当に、ただこれだけ。

綾瀬さんの作ってくれた目玉焼きは塩胡椒（こしょう）で味つけがされていて、他の調味料を追加で使うことを想定したつくりじゃなかった。もちろん塩胡椒アレルギーというわけでもなく、この目玉焼きも食べようと思えば食べられるのだが、醤油で水分を吸った状態の目玉焼きとくらべてパサパサしてしまい、その舌ざわりや喉への感覚が慣れることができなかったのだ。

「目玉焼きに醤油……そういうのもあるんだ……」

その発想はなかった、と茫然とつぶやく綾瀬さん。でも俺から言わせれば塩胡椒だけで食べるほうが驚きだった。

綾瀬さんは表情をあまり変えることなく、だけどほんのすこし肩を落としているような雰囲気を漂わせて言う。

「ごめん。浅村くんの好みとか考えずに、自分の常識で作ってた」

「いやいやいや謝ることじゃないから。むしろ事前に伝えておかなかったくせに、食べるペースを落としたせいで変に気づかせちゃった俺が悪いよ」

「次からは、なるべく訊くね」

「うん。俺からも、情報共有をしていくから」

だからこれ以上は言いっこなし。お互いにすり合わせて落としどころを作る二人。

なんだかこういうの、いいなぁ、と思ってしまう。

関係ない第三者からすると俺たちの会話はひどく事務的で、温かみに乏しいものに見えるかもしれない。

だけどこのやりとりにひどく安心感を覚えてしまう自分がいた。

朝の時間を過ごした後、俺と綾瀬さんはまた時間をずらして家を出ることにした。学校

コショウ
しょうゆ
!!

の人に面倒な勘繰りをされないよう細心の注意を払うのと同時に、お互いに必要以上に近づきすぎないための措置だった。

家族とはいえ同年代の異性。家の中で相手に気遣わせるのも申し訳ないのに、外でまでその微妙な距離感を意識するのは正直お互いにしんどいものがある。

ひとりの時間を大切に。その価値観を共有し続けることが、俺たちがこれから長くうまくやっていくために必要な気がした。


「仮想通貨とユーチューバー、どっちがいいと思う?」

「とりあえずやめとけ」

朝のHRを控えた気だるい空気の中。教室に入ってきた親友の丸に投げた質問は、秒で切り捨てられた。

「さすが野球部の正捕手は判断が早いね」

「俺じゃなくても止めるだろ。唐突になに言い出すんだ、浅村」

「短時間で効率的にお金を稼ぐ方法を探しててさ」

最大限、言葉を選ぶ。

約束を破るわけにはいかないから綾瀬さんとの会話を伝えるわけにはいかないし、俺にギリギリ言えるのはここまでだった。

しかし当然、こんな言い回しで納得されるわけもなく、丸は胡散臭いものを見る目を向けてくる。

「浅村……お前、詐欺師にでも狙われてるんじゃないだろうな」

　どちらかというと沙季にねだられてる、と、うまい冗談が浮かんだが口には出さないでおく。俺は良識ある大人だった。

「犯罪に巻き込まれてるとかじゃないんだけどさ。ほら、今はどんな大企業に入社しても安泰とは言いにくいみたいだし、公務員っていうのも大変そうだし。今から貯金を作っておいて損はないと思うんだよね」

「まあ、それはまっとうな人生計画だな」

「とりあえず援助交際はなしで行きたい」

「むしろ選択肢に入ってたほうが驚きなんだが。……ふぅむ」

　眼鏡の奥、丸の瞳が疑惑の色を煌めかせる。

「昨日は綾瀬のことを訊いてきたり、怪しげなバイトを探し始めたり。お前、まさか」

「や、違うよ？」

　とっさに否定してしまう。まだ何も言われる前だったのでむしろ怪しさが加速するだけなのだが、否定せずにはいられなかった。

　ごくりと生唾を飲み込み次の言葉を待つ俺をじっと見つめ、丸は、探るように慎重に、それでいて深く鋭く踏み込むべく口を開く。

「やめとけ、やめとけ。男娼なんざやっても買ってくれる相手なんかいないぞ。鏡を見ろ、鏡を」

「……はあぁ～」

安堵のため息が漏れた。発言内容にさらっと含まれていたディスにいちいち反論する気が起きないくらい、体から力が抜けた。

微妙に鈍くてありがとう、丸。

「今、心の中で俺のこと馬鹿にしただろ？」

「そんなことないよ」

しれっと嘘をつく。いや、嘘というわけでもないか。馬鹿にしたのではなく、感謝しただけなのだし。

ステレオタイプなイメージとは恐ろしいものだ、と思う。

眼鏡で正捕手な我が親友は観察力、洞察力ともに優れた秀才だ。そんな彼でさえ『妹』という単語から綾瀬さんの姿をすこしも連想していないのである。

援助交際疑惑のある不良っぽいギャル。それが、どれだけ『妹』のイメージとかけ離れた存在なのかがよくわかるエピソードだった。

とにかく、と、世話焼き女房のように指を立て丸は説教の言葉を吐く。

「短期間でラクに儲けようとしてユーチューバーや仮想通貨をやろうって発想がまずナメてる」

「そ、そう？」

「あたりまえだろ。成功してる奴らは徹底的にその場所と向き合ってるんだよ。使ってる時間が違うんだ。野球と同じでさ、ギャンブル感覚でただブンブンとバットを振ってても当たりゃしねーんだ」

「あー。そう言われると、確かに」

野球ひと筋で練習し続けている丸が言うと説得力が違った。

しかし丸の言い分が正しいと思う一方で、そこには言い知れぬ矛盾の影も感じざるを得なかった。

「でもさ、世の中には十年かけてようやく稼げるようになる人もいれば、一年で莫大な富を得る人もいるよね。両者を分ける要因は何だろう？　真剣に向き合った時間だけとは、とても思えない」

「俺もべつに稼いでる人間じゃないからわからんが、ある種のコツみたいなものはあるのかもな」

「コツか……」

「基礎的な心構えというかな。俺は両親が歴史マニアでな。昔から戦国時代だとか三国志だとかの話を聞かされてきたせいか、やたら戦術の知識ばっかり身に着いたんだが――」

「諸葛亮孔明みたいなところあるもんね、丸は」

一年以上会話してくると会話の傾向みたいなものが見えてくるのだが、この丸友和という男、かなりの戦術家だ。

去年の球技大会でも他クラスの情報をどこからか仕入れてきて、各競技の参加者に伝授。我がクラスは見事ほとんどの競技で上位の成績を収めることができた。

野球部で正捕手の座を射止めているのも、その資質のおかげなんじゃなかろうか。

「そんな大それたもんじゃないが……まあでも、戦争の基本的な考え方は刷り込まれてるかもな」

「たとえばどんなの？」

「情報と知識こそが最大の武器」

「敵を知り己を知れば百戦危うからず、ってやつ？」

「それだ。敵の兵数、拠点の場所、所有する武器の数、実行予定の作戦内容——なんて、細かい話もそうなんだが、そもそも無人機で遠隔射撃する技術を持っている相手に、その技術も知識もない、石の斧しか使えない奴が、勝てるわけがなくてな」

「なるほど。その話をお金稼ぎに応用すると……足りないのは、お金の知識？」

「だな。社会の仕組み、商売の仕組みってやつを知ってるかどうかで、成功率はかなり違うんじゃないか？　……知らんが」

さんざんそれらしいことを言いながら、最後は投げやりにそう締めた。

悩める友人にアドバイスしつつも、知識が曖昧な部分は言い切らずにおくという塩梅が、彼なりの誠意なんだろう。

それに、彼の言葉はまさしくその通りと言いたくなる正論だ。さすがは頼れる親友。

俺は彼から得た思考の切り口を、心のメモ帳にしっかりと書き込んでおいた。

放課後になると俺は自転車を飛ばし、まっすぐにバイト先の書店へ向かった。

渋谷駅前の書店は遊びにきた若者もさることながら、平日はサラリーマン客や水商売の人もそこそこ多く、働き方改革の影響もあり18時台から19時台にかけて忙しさのピークがくる。

しかしそれを乗り越えたら店は凪のような落ち着きを取り戻し、シフトの人数も、遅番が四人ほど。

20時にはそのうちの二人が休憩に入るため、この一時間は、俺と読売先輩の二人きりだった。

レジであくびをかみ殺している読売先輩を尻目に、売場メンテナンス作業……のフリをして、俺は目的の本を探して本棚の間を回遊していた。

まず必要なのは、お金についての正しい知識。

経済のこと、経営のこと、資本主義の構造が手っ取り早く学べそうな本を適当に見繕っていく。正直どれも似たようなタイトルやキャッチコピーばかりでいまいち違いがわからなかったが、著者の来歴や目次の内容で比較的信用できそうなものを選んだ。

あとは高額求人情報が載っている雑誌も何冊か。スマホで調べてもいいんだろうけど、怪しい求人を踏むのは避けたかった。

ちゃんとした出版社から出た雑誌に載ってても問題なしとは言い切れないから、気休め程度にしかならないとは思うが、ノーガード戦法よりはマシだろう。

……よし。

とりあえずひととおりそれっぽい本を集めた俺は、それらをレジに持ち帰る。

すると、

「こら。勤務中に取り置きする本を見繕っちゃだめでしょ」

注意する声とともに、つんと肩を指でつつかれた。

もちろん読売先輩だ。

「あ、すみません」

「なーんて、うそうそ。そんなルール守ってる人いないしへーキへーキ。何なら店長も、よく仕事中に気になる本を取り置いてたりするしね。在庫切れ起こしやすい人気作とか、発売直後の競争率高い新刊とかを不正に取り置くんじゃなければ、まあ、いいっしょー。常識的に考えてさ」

俺の肩を叩いてけらけら笑う読売先輩。

大和撫子な文学少女っぽい見た目に反してかなりの軽いノリだ。大学に入学したての頃はちやほやされていたのに飲み会でこの本性を見せたら告白される回数がガクンと下がったそうで、勝手に清楚を期待すんなー、とぶーたれていたことがある。

『黒髪も大人しそうに見える顔も、生まれ持ったものなんだから仕方ないじゃんね？』

そう言っていじけたように毛先をいじっていた彼女の顔は妙に印象的だった。

軽い女なら髪を染めて派手な化粧しとけよ、という周囲の無言の空気感への不満は、俺にも何となく理解できた。

ある意味で彼女と正反対な綾瀬さんが義妹となった今、その感覚はよりいっそう身近なものになった気がする。人類はステレオタイプの敗北を知るべきなのだ。

「で、後輩君。君は何を買おうとしてるのかな？」

「覗き込まんでください」

「その反応。まさかえちちな本とか」

「新しい妹と暮らし始めたばかりの俺に物理エロ本はハードル高すぎますって。……てか、そもそも俺が十八禁を買えるわけないでしょう」

「じゃあ素直に見せろよう。……それっ」

「あっ」

あまりにも速い動きで掻っ攫われた。

「ふむふむ。ふーむ。……んんぅ？」

俺の集めてきた本の表紙を一冊ずつ眺めていくにつれて読売先輩が微妙な表情になっていく。

「知らなかった。後輩君がこんなにガツガツ稼ぎたがる、意識高い系だったなんて」

「や、違うんです」

不名誉な称号を授かりたくなくて、すぐに否定した。

とはいえ綾瀬さんの要望だと明かすのはマナー違反な気がして、俺はまたその部分だけを伏せながら事情を説明する。

「高校卒業したらすぐに独り暮らしを始めて、自立したいんで。今のうちに資金を貯めておきたいんですよ」

「でもそれならここのバイトだけでよくない？」

あまりにもごもっともな意見だった。

「えーっと、ほら。金額が足りなくて。本が好きだから働いてますけど、けっして給料が高いわけじゃないですから」

「あー、それね」

「この歳で新しく妹までできちゃうと、いつまでも実家にいるのはきついかなって。相手に負担をかけるのも気が引けますし」

「あー、そうかい？」

同じような口調と表情で正反対の相槌。

「疑問ですか？」

「自立したい気持ちはわかるけど、妹が理由、っていうのは違うでしょ」

わりと本気なトーンで諭された。

綾瀬さんの価値観を代弁したに過ぎない俺も思わずぎょっとしてしまう。

「違うも何も俺の気持ちの問題では」

「違うってのは道理に反するって意味でね」

「駄目ですか？」

「駄目じゃないけどもったいない」

「えっ」

読売先輩の口から出てきたその単語が意外すぎて、目が勝手に瞬いた。

「相手に負担をかけないように……とか、その考え方を変えないうちは、こんな本をいくつら読んだところで稼げる人間にはなれないんじゃないかな」

「すみません論理が何段階も飛んでて意味不明です。常人にも理解できる言語でしゃべってもらってもいいですか」

「同年代の妹とか、そんなのむしろ資産でしょ。それに頼らない生き方って、それ手足を縛ってるのと一緒じゃん」

あっけらかんとした言い方だけど、妙に鋭い台詞だった。

本当は俺や親父に頼らず生きていこうとしてるのは綾瀬さんなのだが、彼女の価値観に同調していた俺にも、読売先輩の言葉はしっかりと刺さっていた。

「どうしてお金って必要だと思う？」

「そりゃ、ないと生きていけないですし」

「本当にそうかな」

「禅問答ですか。まあ、いいですけど。衣・食・住、どれを満たすにもお金は必要でしょう」

それが資本主義である。

「ふんふん、なるほど。じゃあ極端だけど、お金稼げない赤ちゃんは生きられないの？」

「それはさすがに極論が過ぎます」

「でも実際、赤ちゃんはお金を稼がなくても生きていけるよね」

「両親の保護がないと無理ですけどね」

「そう、助けられて生きてる。……大人だって、それで良くない？」

「や、良くないでしょう」

誰もが助けを求め始めたら、社会は崩壊する。

大人が大人として子どもを守ったり、しっかりとお金を稼いで自立するからこそ、現在の社会は保たれているんだ。

「でもさ、赤ちゃんになりたい大人、増えてるじゃん」

「一斑を見て全豹を卜すのはどうかと思うんですよ」

確かにSNSを見ていると二次元キャラをママ扱いして喜んだり、赤ちゃんに戻りたい願望が透け透けのコンテンツの存在も散見される。

でも、だからと言って、すべての大人が赤ちゃん返りを望んでいるわけではない……と、信じたい。うん。

「もちろん全員とは言わないけどさー。そーいうコンテンツがバズるってことはそーいう望みを抱えた人がかなりの数、いるってことでしょ」

「それは……まあ、そうですね」

「最初はみんな赤ちゃんだったのに、大人になったらいきなり駄目だーって突き放される。そっちのほうが残酷じゃない？」

「……確かに」

「これもまた極論だけどさ。着るものと、食べるものと、住む場所を誰かが用意して、助けてもらえたら、お金がなくてもべつに生きていけるじゃん」

「お金とは違う形のベーシックインカム、みたいな？」

「おっ、意識高い」

「やめてくださいってば」

最近覚えたカタカナ語を使いたくて仕方ない若者みたいに扱われるのは心外だった。

ちなみにその単語は全国民に一定額の金を定期的に配布するというたぐいの概念なんだが――それを覚えるきっかけは他ならぬ読売(よみうり)先輩に紹介された本だ。

どう考えても、言われる筋合いがない。

しかし読売先輩は、細かいことはまあいいじゃんと笑って、先を続ける。

「自分の力で生きていけなかったら、誰かに頼ってもいいと思うんだよね」

「重荷になってるとしても？」

「世の中には重い女のほうが好きっていう物好きもいてね？」

「個々の趣向だとそうかもしれませんけど」

「後輩君はそっちタイプじゃないってことかな」

「……よくわかりません」

少なくとも綾瀬さんは重い男が好きなタイプではないと思う。……と、言い切れるほど俺は彼女のことを知らないので、どちらにしても、よくわかりませんと答えるしかないのだった。

「でもま、お金の本質ってそーいうモンだよ。あったら良し、ないならないで、代わりに誰かに助けてもらえばいい。困ったときに助けてもらえるように、余裕があるうちに自分も誰かを助けておく。そういう考え方を身に着けるほうが、こんな意識高い本を読むより何倍も大富豪に近づける気がするけどね」

「そういうもんですかね」

「そういうもんだよ。世の中の会社で、有能な部下より優秀な社長はほとんどいないよ」

「とんでもないこと言い切りますね」

「本当なんだってば。金持ちの社長は意外と助けられ上手だったりするわけだよ、少年」

「知ったかぶりは格好悪いですよ」

「花の大学生に金持ちパパの一人や二人、いないと思った？」

「えっ」

俺は思わず固まってしまった。パパ。その淫靡で意味深な単語が脳内でぐにゃりと歪む。それは、あれか。昨今流行りのパパ活というやつだろうか。あるいは俺の耳が下種な聞き間違いをしただけで、血縁関係的な意味合いのノーマル・パパだろうか。だとしたら一人や二人という表現はおかしな話だが、うちみたいに両親が再婚したりしていれば、パパに該当する人物が二人いてもおかしくないわけで。

もしパパ活的な意味なら何かショックだ。

べつに恋心を抱いていたわけではないし、見た目通りの清楚なお姉さんでないことは、同じシフトに入り続けてる俺はよく知ってる。

だがそれはそれとしてショッキングなのだから仕方ない。綾瀬さんの売り疑惑を聞いたときもそうだったが、どうにも俺はこの手の話に免疫がないようだった。

童貞のさだめというやつかもしれないな。

などと数秒の間、悶々としていると。ニヤリ、と読売先輩はしてやったりと言いたげなイジリ笑顔を浮かべてみせた。

「うっそーん」

「このやろう」

さすがに敬語が消えた。

「大学の友達にやってる人がいるから話は聞くけどね。だいたいお金持ちになってる人は、他人に頼るのが上手っぽいよ。ちなみにその友達、毎週会うたびに新しいブランドものを持ってくるから信憑性高し」

「わぁお」

大学生の闇を垣間見た。

読売先輩の話じゃなくて何よりだと思う。

「ま～とにかくさ、こーいう本に頼る前に、家族に頼るマインドを身に着けたら？」

ウインクを叩いてありがたきアドバイスを残すと彼女は、そのタイミングでやってきたお客さんのレジ対応を始めた。清楚可憐な文学少女スマイルで接客する横顔を見ながら、手元の本の、意識が高い表題をちらりと見る。

結局、俺はその日、バイト終了後に一冊も本を買わずに帰宅した。


「ただいま、綾瀬さん」

「おかえり、浅村くん」

帰宅した俺を迎えたのはいつものようにドライな無表情の義妹と、鼻をくすぐる刺激的な香料の匂いだった。

リビングに来るとキッチンの中で作業している綾瀬さんの姿が見えた。学校から帰ってきたばかりなのか、それとも制服から着替えずに過ごしていたのだろうか、制服の上にエプロンをつけていて、大きな鍋をおたまで掻き混ぜている。

「バイトお疲れ様。すぐご飯にする？」

「ありがとう。お皿、用意するね」

「あっ。それぐらい、べつにいいのに。仕事で疲れてるんだし」

食器棚から何枚か皿を見繕う俺に綾瀬さんが言った。

何だか兄妹(きょうだい)というよりも新婚夫婦のやりとりみたいだな、と内心で苦笑する。とても口に出しては言えない考えだ。

そんなふうに共同作業（と呼ぶには俺のやったことは大したことではないのだけど）で、俺と綾瀬さんは夕飯の準備を完了、向かい合って食事を始めた。

今日のメインディッシュはカレー。

ごろっとした塊に切られた野菜がふんだんに使われていて、見るからに健康に良さそうだ。

これでサラダまでついているんだからその気遣いのきめ細やかさは恐ろしい。

野菜とスパイスがうまくからんだそれを口に運んだ瞬間、俺は目を見開いた。

「おいしい……！」

「そ。ならよかった」

絶賛が素直に口から漏れてしまう。

実際、褒め言葉をわざわざ探すまでもないほど、そのカレーは美味だった。

市販のカレールーをただマニュアルに従い使っただけの代物ではなかった。

数種類のスパイスを使い、野菜を煮込む時間なども入念に計算されていなければ、ここまで心地好い歯ごたえにはなるまい。白米も特殊な炊き方をしているのか、べとつかずにパラパラとしていて、驚くほど食が進む。

綾瀬さんの反応は素っ気なかったが、それでも悪い気はしていないんだろう、心持ち口の端を上げて自分もカレーを口に運んだ。

舌に辛味が触れた瞬間、わずかに歪む眉の形で、人形めいたドライな彼女もしっかりと生きた人間なんだと実感できた。

「まさかここまで本格的なカレーが出てくるとは思わなかったよ」

「そう。私としては、70点ぐらいなんだけどね」

「まだ上があるんだ？」

「お肉に下味をつけてる時間がなくて、そこはちょっと手抜き気味。ごめんね」

「したあじ」

耳慣れない単語をオウム返ししてしまう。

「え、うそ。そこ解説必要？」

「本当に料理の心得ゼロで……。肉の両面焼きぐらいは知ってるんだけど」

それでも彼女から見たら俺の料理知識は異世界人と大差ないと思う。

彼女は、まあいいけど、とあっさりと解説を始めた。

「市販のお肉をそのまま使うと味がいまいちだったり、臭みが強かったりするんだよね。塩とか胡椒とかにんにくとか、いろいろ使って漬け込むと、味がしみて美味しくなるの。

あとから塩をたくさんかけなくても良くなって、結果的に節約にもなったりする」

「おお……生活の知恵」

「ネット知識の受け売りだけどね。だいたいのことはレシピサイトで勉強した」

誰に指導されたわけでもなく独学で覚えたんだ、と彼女は語った。

独りで生きていくつもりだ、という台詞(せりふ)がポーズだけではないのだと感じさせられた。

そんな彼女にどう告げたものかと思いつつ、俺は口を開く。

「短時間でお金を稼ぐ方法なんだけどさ」

「ん。そっちも調べてくれたんだね」

「でも、正直何の成果も得られなかった。美味しいご飯を作ってくれたのに、ごめん」

「……そっか。まあ、そう簡単じゃないよね」

肩を落とす綾瀬さんだが、思ったよりもガッカリした雰囲気は薄かった。

たぶん彼女のことだから俺を頼る前から自分でも情報を集めていたはずだ。安全で高額なバイトなんてほとんどないことくらい、最初からわかっていたんだろう。

「ただお金持ちになれる人間の特徴みたいなのは聞けた」

「へえ。それ、ちょっと面白そうだね」

「俺も、聞いたときはなるほどなーってなったんだけどね」

そう前置きをして、俺は読売(よみうり)先輩の受け売りで、上手に他人に頼る大切さの話をした。

話を聞いた綾瀬さんの目に好奇の色が宿る。

「浅村(あさむら)くん、仲の良い女の人とかいたんだ」

「えっ、そこ？」

「ああ、ごめんごめん。ちょっと意外だったから、つい」

「もしかして馬鹿にされてるのかな」

「ごめんてば」

童貞扱いされたことに不服を申し立てると、綾瀬(あやせ)さんは苦笑した。

ちなみにこれまでの人生で女性との肉体的な接触は皆無である。綾瀬さんの予想は当たらずとも遠からず。

「てっきり女嫌いなのかと思ってたからさ」

「や、特にそんなことはないけど。むしろどうしてそう思われてるんだろう」

「私と境遇似てるし、何となく同じなのかなって」

へえ、綾瀬さんて女嫌いだったんだ？

なんて、寝ぼけたことを言うつもりはない。

境遇が似てるという言葉から察するに、たぶん両親の不仲を見てきたであろうことの話をしているんだろう。彼女はきっと本当の父親に良い感情を抱いておらず、そのため俺も同じだと考えたのだと思う。

半分、正解。

実際、俺は本当の母親のことが苦手だった。

「でも、それはそれ、かな。特定の誰かが苦手だからって、女性全員を嫌いにはならないよ」

「そっか。素敵だね」

感心したように言う綾瀬さん。

それほど続けたい話題でもなかったのか、まーとりあえず、と軽く流してこう言った。

「応援してるよ」

「……何を？」

「スタイルが良くて、気のいい、文学少女のお姉さんなんでしょ？」

「そうだけど」

「浅村くんとお似合いだと思う」

「えー」

ほんのりとからかうような笑みでそう言われ、俺は思わず顔をしかめていた。読売先輩は確かに、美人で気のいい巨乳のお姉さんではあるのだが、一方で胸のうちで何を考えているかわからない、油断できない相手でもある。基本的に精神的なマウント（つまり弄り）から入るコミュニケーションなので、こちらに余裕があるときはいいけれど、疲れているときに彼女と話すのはちょっとしんどい。

「なんで嫌そうなの。さっきの話、私もなるほどって思ったし。すごく賢くて、素敵な人に思えるけど」

「まあ、それは否定しないんだけどね」

曖昧に躱して口を閉ざす。

付き合ったら疲れそう、という本音は、女子に聞かせるには最低な発言すぎた。

「でも弱ったな」

と、綾瀬さんがスプーンを置いてぽつりとこぼした。

「その人の言ってること正しいけど、それでも私は、自立したいと思ってる」

「ずいぶん焦ってるね。俺や親父には、頼れない？」

「ううん。浅村くんも、お養父さんも、すごく良い人だし、頼り甲斐があると思う」

でも。と、彼女は続ける。

「――二人が悪人だったら、もうすこし気が楽だった」

「それって、どういう……」

「ごめん。こんなこと言われても、困るよね。……ごちそうさま」

口を滑らせたとばかりにハッと目を見開いて、綾瀬さんは中身がまだすこし残っているにもかかわらず、あわただしく自分の食器を片づけ始めた。

逃げるようにキッチンへ駆け込む彼女の背中に声をかけようとして、しかし思い直して引っ込める。

まだ兄妹になって何日も経っていないが、それでも今の彼女がこれ以上の会話を望んでいないことは女性経験に乏しい俺にも理解できた。

今夜はモヤモヤした気持ちが解消されずに残ったままベッドに入ることになりそうだ。

それを覚悟してため息をつき、残りのカレーを喉に流し込む。

とても美味しい。でもそのピリッとした辛さはモヤを払うには足りない気がした。

「ちゃんと寝れるかなぁ、俺……」


——結論から言えば、その日、俺は問題なく眠りに就くことができた。

何故なら、就寝前、珍しく綾瀬さんが部屋を訪ねてきて、ベッドの中にいる俺にある物を差し入れてきたのだ。

「これは？」

「私のアロマキャンドルと安眠マスク。さっき意味深なこと言っちゃったから、気になって眠れないと申し訳ないなって」

律儀すぎる。

ドライで無表情で不器用ながらもその行動からは彼女なりの気遣いが窺えて、綾瀬沙季という人間の存在がまたひとつ現実感を増した気がした。

●6月10日（水曜日）

　一日の出来事を日記のように切り取るとき、朝の通学路の風景を特別に記述することがほとんどないのは、代わり映えせず面白味もないルーチンは記憶から自動的に消えるからだ。

　逆に言えば強烈に記憶に残る出来事、特筆すべきイベントがあり、語るに値する場合はごく当然にこういう書き出しで語り始めることになるだろう。

　朝の通学路のことである。……と。

　今日がその日だった。

　だいたい俺の通学方法というのは二種類あって、徒歩か自転車のどちらかである。

　家から水星(すいせい)高校までは徒歩で行けなくもないが自転車のほうが早くてラクという距離で、放課後すぐにバイト先に直行するためにも、自転車を使うことが多い。

　しかし例外があって、天気が悪いときは徒歩だった。

　台風とか雪の日は当然として、雨が降っていたり、まだ降っていなくても天気予報次第では無理せず徒歩を選ぶ。

　以前、雨に濡(ぬ)れるのもかまわず自転車を漕(こ)いでいたら、かなりしんどい風邪をひく羽目になった。同じ過ちは二度と犯さない。その固い決意を胸に、俺は雨のリスクが高い日は折りたたみ傘をしっかり用意した上で徒歩通学をしていた。

そして今朝の天気予報は降水確率60％、ねずみ色の雲が覆う重苦しい空の下、いつもは爽快に走り抜ける道を俺はやや早足で歩いているのだった。

　ふと視線が止まる。

　交差点で赤信号が変わるのを待つ人々の中、鮮やかな金髪が目に飛び込んできた。綾瀬（あやせ）さんだ。もう後ろ姿でも判別できる。

　彼女の耳にはイヤホンがはめられていて、コードが制服の内側に伸びていた。ポケットにしまったスマホで音楽でも再生しているのかもしれなかった。

　体育の時間も似たようなスタイルだったが、彼女は音楽が好きなんだろうか？

　ギャルという生き物はどんな音楽を聴くのか。まったく別の人種である俺には知る由もない。まさかアニソンか洋楽しか視聴デッキのない俺と趣味が合うとも思えなかった。

　話しかけようかと一瞬思いかけて、すぐにその考えを引っ込める。

　わざわざ家を出る時間を分けているのは、学校に兄妹（きょうだい）関係を持ち込まないためだ。

　両親の再婚前と同じ日常の延長線上に自分たちを置くための取り決め。

　同じ学校の生徒に見られるかもしれない通学路で声をかけるのはどちらかと言えばナシの部類に思えた。

　信号機が青になった。人々は動かない。俺も動かない。

　綾瀬さんだけが、動いていた。

　動いてしまっていた。

「綾瀬さんっ」

「え？」

音階を駆け上がるように大きさを増していくエンジンとクラクションの音が、俺の頭の中から、取り決めのことなど綺麗さっぱりかき消していた。

悠長は許されない。一秒でも遅れたら。そんな思考でさえ行動の後から発生した。

「……ッ」

彼女の腕を勢いよく引くと、急な体重移動に耐えられなかった彼女は背後によろめいて。

平均的な運動神経と筋肉しかない俺が、万全と呼ぶにはほど遠い体勢で成人女性相当の体重を受け止めきれるはずもなく。

俺と綾瀬さんは、二人まとめて横断歩道手前の道路にしりもちをついていた。

そんな俺たちの目の前、赤信号で一台の大型車が通過していく。

九死に一生。冗談抜きで、一秒先の死が見えた。

「…………」

「…………」

無言で見つめ合う俺と綾瀬さん。

時が重い秒針を前に進めるにつれて、自分の肌から汗が噴き出し、息が乱れていく。

周囲の通行人が心配そうな目を向けている中、俺は立ち上がり、綾瀬さんの手を握って引っ張りあげるように立たせた。

「ちょっと、こっち。こっち来てくれる？」

「え……あ……うん」

交錯する他人の視線という網目をかいくぐり、誰も見えてない路地の裏側に彼女を連れていく。

これから自分がしようとしていることは綾瀬さんにとっての恥だ。それはけっして公の前で、衆目に晒されている中ですべきじゃないと思った。

右、左。顔を動かして無人を確認すると、俺はようやく綾瀬さんに正面から向き直り、口を開いた。

「今のは、ない」

静かな語調で、でもハッキリと告げる。

俺は本物の兄じゃない。偉そうに説教する立場じゃない。

だから義妹に不良疑惑があろうと援助交際の噂が立っていようと注意しない。

他人に何を言っても余計なお世話。いらぬお節介で介入していくような痛い真似は絶対にしたくないと思ってきた。

綾瀬さんもそういう踏み込んだ関係を望んでなんかいないだろうと思っていた。

でもこればかりは見過ごせなかった。

「死ぬかもしれない行為は、さすがにスルーできないよ。あれは、よくない」

「……ごめん」

静かに諭す俺に対し、綾瀬さんは困惑したようにかすれた声で言った。

その縮こまった態度に俺はハッとする。

「あー……っと。こっちこそ、ごめん。偉そうなこと言って」

「う、ううん。これは、私が悪かった」

「どうして道路に踏み出したりしたの？　車、物凄い音で近づいてきてたし、それが見えてたから信号が青になっても、誰も動き出さなかったのに」

「音に集中してて……迂闊でごめん」

「音楽？　そういえば授業中にも聴いてたっけ。好きなのはいいけど、さすがに道路では自重したほうがいいんじゃないかな」

結局口から説教じみた言葉が漏れてしまっていた。まあ、危うく死にかけたわけだし、これぐらいは言ってもいいだろう。

「あー、音楽っていうか。……あっ」

ふと何かに気づいたように、綾瀬さんは耳元に手をやった。すかっと空を切る手。

そこにあるはずのものがないことに気づき、慌てて体を見回した。

俺も今ようやくそれに気づいた。

片方の耳にだけついたイヤホンヘッド。もう片方の耳からはすっぽ抜けて、コードがぶらんと垂れさがっている。

そして綾瀬さんのポケットの中から音楽——ではなく、落ち着いた外国人女性が、英語で何やら話している声が流れ続けていた。

「英会話？」

「……ッ。べ、べつにいいでしょ」

制服のポケットを上から押さえつけて、彼女はじろりと俺を睨（にら）んでいた。

何故（なぜ）かその顔面は赤くなっている。

「そんな場面でもない気がするけど……もしかして、照れてる？」

「…………」

一瞬肩をふるわせた後、彼女はすっと顔から表情を消した。

裏路地から出て元の横断歩道に戻ると、今度は慎重に左右を確認、近づいてくる車がないことを確認して横断歩道を渡り始めた。

平静を装っているが、その耳だけはまだ赤みを残していた。

「英語、習得したいんだ？」

「……なんで追いかけてくるの」

「そりゃ俺も同じ方向だし」

他意がなくても彼女を追いかける形になるのは必然だった。

とはいえ実際、他意はあった。

死にかけたことによる心臓の高鳴りに普段の冷静な判断力が奪われてしまったのだろうか、綾瀬さんについて気になる感情を、うまく制御できない自分がいた。

もしかしたらこれは一種のつり橋効果なる現象なのかもしれないが、今はとにかく胸のうちで生じた好奇心を解消せずにはいられなかった。

綾瀬さんも特別拒絶する気はないようで、ふぅん、まあいいけど、とつぶやいて、そのまま一定のペースを保ってすたすた歩き続けた。

「勉強の一環だよ、ただの」

「え、なんの話？」

「浅村くんが訊いてきたんでしょ。さっき聴いてた、英会話の教材のこと」

じろりと睨まれた。

さっきの話題は無視されたものと思っていたのだが、どうやら綾瀬さんも話してくれる気になったらしい。

「受験勉強？」

「も、あるし、その先のことも考えて、かな」

「就職も見据えてるわけだ」

「国内だけに囚われる時代でもないしね」

俺が言うと読売先輩に意識高い系と揶揄されそうな台詞だが、綾瀬さんが言うと妙に様になっていた。

「でも、そういうことなら照れる必要ないのに」

「白鳥のフリしてるのに水面下のバタ足を見られたんだよ。恥ずかしくて当然でしょ」

「あー……それも、武装？」

「うん。武装」

自立した強い女になるために不良めいた金髪ギャルの外見を装ってる、と彼女は前に言っていた。

体育の時間に聴いていたのも、おそらく同じ音声教材だったのだろう。サボるのはどうかと思うが、確かに体育の評価なんて受験の点数には何の関係もないし、球技大会の練習ともなれば楽しい思い出を作る以外の意義なんてあるようには思えなかった。

綾瀬さんがその時間を無駄と判断し、音声教材による勉強時間にあてていたのだとしたら、学業も仕事も何もかも完璧な強い人間になるという言とも一致する。

彼女について知れば知るほど、チグハグに組み合わされたパズルが、正しい位置に戻されていくような気がした。

大通りから離れ、ビルの群れが背後に遠のき、見慣れた校舎の遠景が見えてくる。

通行人のシルエットも老若男女入り混じった雑多な感じではなく、同じ制服、同じ年代のものに統一されていく。登校ラッシュの時間帯だった。

見知った顔こそいないものの、進学校に似合わぬ綾瀬さんのファッションは人目を引くのか、ちらちらとこちらに向く視線があった。

「誰にも言わないでよね。……それじゃ」

綾瀬さんはそう言って、歩く速さを上げた。

好奇の目が煩わしかったのか、あるいは最大限彼女の優しさを信じるなら、俺に迷惑をかけたくなかったのかもしれない。

まあ、どっちでも同じことだ。ここから先は約束通り。学校では他人の距離で。

「ん。了解」

綾瀬さんの背中に俺はそう答えた。

返事は期待していなかった。

もちろん、良い意味で。


朝からずいぶんと濃厚で、もう一日が終了したのと同じ疲労感を味わっていたのだが、残念ながらこれは物語ではなく現実のお話だ。今日はもうイベントを充分にこなしただろうと作者の意思で時間がスキップし翌日になる、というような、ありがたい仕様は備わっていない。

濃厚な一日はシームレスに続くし、何なら俺と綾瀬さんのテンションやら感情やらとは関係なく、学校でふたたび距離の近づくときがくる。

体育の時間だ。

今日は一限目。今日も球技大会の練習。今日も前回と同じテニスコート。

だがひとつだけ前回とは違うところがあった。

「せぇぇぇぇぇいりゃあっ！」

「ちょっと真綾、打ち上げすぎ」

近くのコートから聞こえる奈良坂さんの喧しい掛け声に、冷静なツッコミを返す女生徒。

それが、名も知らぬ誰かから、よく知る義妹に変わっていた。

前回は金網に背を預け音楽——と思いきや、実は音声教材——を聴いていた綾瀬さんが、今日は友達とラリーをしている。

朝、ながら歩きで死にかけたからだろうか？　どういう心境の変化なのかはわからないが、体操服に着替えた彼女は活発にコート内を駆け回り、華麗なプレイを魅せていた。

「——————い……………………む……………………ら」

ゴムでまとめられた長い髪が、彼女の動きに合わせて、まるでサラブレッドの尾のように美しくなびいている。

剥き出しの腕、ふともも、上から下まで引き締まった肉体が躍動し、無駄の少ない動きから振り抜かれたラケットは鋭く正確な打球を返す。

「——お……ぃ……そ見、すんな……さむら」

素人目にはトッププロとの違いもわからないほどの完璧な動きに、大勢の注目が集まっているのがわかった。絶賛視線を奪われている最中の俺が言えたことでもないが、授業に集中せず女子に見惚れる奴は反省すべきだと思う。とりあえず、俺も反省している。反省するだけで閲覧許可が出るなら、喜んで反省する。そう思えてしまうほど、彼女のプレイは価値あるものに見えた——……。

「おい、浅村！」

「え？　……うわっ」

親友の怒声と同時に視界の端に丸い影が見えた瞬間、とっさに顔の横にラケットを置く。表面にボールがインパクトし、その勢いに押されたラケットの裏面が軽く額を打った。

けっこう痛かった。

「なによそ見してんだよ。野球よかマシだが、頭当たったらコレも危ねえぞ」

駆け寄ってきた男子生徒――親友の丸友和は、ぽん、ぽん、と足元に転がるそれを拾い、あきれたような顔で、己の分厚い肩をラケットで叩く。カッコつけた仕草だ。運動神経のいいこの男がやると普通に様になるのが腹立たしい。

ちなみにソフトボール参加の丸が何故テニスコートにいるのかというと、サッカー参加者と練習場所を交互に使用する約束をしており、二回に一度は、どちらかは他の競技で遊ぶことになっているからだ。

練習場所が限られる競技ならではの悩みどころだが、練習不足になりがちな条件だからこそ、野球部の丸のような現役部活所属者の参加が許されてる側面もある。

「ごめんごめん。ちょっとね」

「女に見惚れてたな」

「正解を引き当てすぎて嫌われたことない？」

「あるだろうが、これが自然体だ。俺の自然体を嫌いな奴のことなど知らん」

さすが正捕手。強者の風格。

丸はちらりと女子たちが和気あいあいとボールを打ち合っているほうへ目をやった。

「綾瀬か？　やめとけと言ったはずだが……」

「違うよ」

見てたのは確かに綾瀬さんだけど、義理とはいえ妹だ。気になる相手だとか好きな人だとかそういう対象じゃない、という意味で言った言葉を丸は違う捉え方をしたらしい。

「なら、奈良坂か。そっちはまあ、悪くないな」

「いや、だからそもそも、そういうんじゃなくてさ」

「気にするなよ浅村少年。奈良坂はオススメだぞ。元気で明るく社交的、成績も優秀で、模試でも早稲田A判定。人柄の評判もいい」

「詳しすぎでしょ」

「綾瀬とは逆の意味で情報がたんまり流れてくる奴なんだよ。唯一、難点があるとすりゃあ、狙ってる男子が多すぎて倍率が高すぎるってとこだな」

奈良坂さんについて語る丸がやたらと早口に感じるのは気のせいだろうか？

眼鏡の奥のむっつりした瞳を見ても本音は読めない。もしかして好きなのでは、と一瞬思ったが、この親友が女子にうつつを抜かしてる姿が想像できないのでいったん考えないことにしておく。

「全然そんな目で見てないけど、仮に見てたとしても、その競争には勝てそうにないな」

「ははは。そうかもな」

「友達ならフォローあってもよくない？」

「奈良坂は面倒見いいタイプだからな。ああしてクラスで浮いてる綾瀬を誘って、ペアを組んだりな」

「真面目で堅実なタイプが好まれそうだけど」

「逆だ。ああいう奴は、世話の焼けるダメンズに惹(ひ)かれるもんだ」

「ならむしろ俺にも目がありそうだけど」

「……マジで言ってんのか？」

　正気を疑うと言わんばかりの目を向けられる。俺としては素直に浮かんだ台詞(せりふ)を吐いただけなのだが、どうしてそんな顔をされるのかわからなかった。

「浅村。お前、自分で思ってるほど駄目人間じゃねえぞ」

「自分で思ってる以上に駄目って意味？」

「卑屈すぎんだろ……」

　茶化した苦笑を浮かべる俺に、丸ははぁと大きなため息をついた。

　そして飛び出したのは、世話焼き女房めいたお小言。

「同年代の中じゃ抜群に賢いぞ。地頭いいしな」

「う、うーん。あんまりストレートに褒められても気持ち悪いね」

「安心しろ。今は奈良坂に好かれない理由の話をしてんだ。どっちかってーと貶(けな)してる」

「褒めるにしても貶すにしてもストレート以外のアプローチを試みてくれない？」

歯に衣着せぬ言い方が丸の特徴とはいえ、もうすこし手心がほしかった。

もっとも俺はべつに奈良坂さんと付き合える可能性があろうとなかろうと、何も関係がないのだが。

「…………ん」

そうして女子たちのほうを見ながらコソコソ話していると、視線に気づいたのか、綾瀬さんがふとこちらに目をやってきた。一瞬だけ俺と目が合ったが、すぐに視線を外してくる。賢い。長時間見つめ合えば他の生徒に関係を疑われかねないのだから、行動はこれが正解だ。

しかしそのさりげない刹那を、目ざとく感知する者もいる。

奈良坂さん——奈良坂真綾、その人だ。

面倒見が良い、と言われるのもわかる気がした。その根底には彼女の観察力の鋭さもあるのだろう。視界の端にかすった程度だろうに、綾瀬さんの行動に気づき、さらには俺の視線を感知したかのようにちらりとこちらを窺ってきた。そうして、ほんのわずかに小首を傾げる。その仕草ときたらリスかプレーリードッグか。なるほど可愛い。級友たちの評価も納得できた。

と、いつまで見てるんだ俺は。せっかくの綾瀬さんの配慮に満ちた行動が、これでは無駄になってしまうじゃないか。

慌てて視線を明後日のほうへと向けた。

「そんな目で見てないと言ってなかったか？」

「本当にそういうんじゃないってば」

「ふうむ。そうか、浅村も男だったということだな」

「その言い方、誤解も問題もある気がするんだけど」

「男子高校生のありふれた劣情だな」

「ワードのチョイスに魂が震えるよ！」

「もちろん、お前がそのような劣情をいたずらに露にする奴だなどとは思っておらん。だが安心しろ。心の中はおまえだけのもの。自由だ」

これ、わかっててからかってるんだよな、絶対。

「はあ。はいはい。深い理解を示してくれてありがとう。嬉しいよ」

ため息をついてみせながら、肩をすくめる。

とはいえだ。考えてみるに、とうの女子ふたりから俺の視線は気づかれてしまったみたいだから、さりげないとはもはや言えない気がする。

「もういいのか？」

「あー、うん。練習する」

授業の残り時間、なんとか集中を取り戻して精々練習に励むのだった。

着替えに時間がかかる女子たちのほうが授業を終える時間も早く、次に隣のテニスコートへと視線を向けたときには、空っぽのコートの中に拾い忘れた黄色いテニスボールがひとつぽつんと落ちているだけだった。

チャイムの音と同時に、鉛色の空からは遂に耐え切れず銀の雫が滴りだす。乾いた土色のコートに、落ちた雨粒が焦げ茶のまだら模様を作っていく。

「まさかの雨だ。おい、走るぞ、浅村」

丸がすでにその場で足踏みをしながら声をかけてきた。

「まさかって。降水確率60%だったんだよ。まさかじゃないだろ」

とはいえ濡れるのは俺だっていやだ。校舎に向かって並んで走り出しながらそう返したのだけど。

「四割もあれば充分だろうに。四割バッターが世界に何人いると思ってる!」

「その理屈は無理があるんじゃないかな」

それとも、野球部員から見れば充分に晴れの見込みがある確率に見えるということだろうか。なるほど、同じ数字でも見る者によって価値が変わるということか。いや、その考え方はやっぱりおかしい。

「浅村、急げ急げ! 激しくなってきたぞ!」

本降りになる前、間一髪で俺たちは校舎に駆け込んだ。

振り返って丸が空を睨みつける。

「やまねえな、これは。今日は中で筋トレだな……」

大きな体をすくませて、くしゃみをした。

すでに校庭の隅々までが焦げ茶の色に染まっていた。激しい雨がまるで霧が立ち込めたかのように風景に霞をかけている。叩きつける雨音だけが世界の音の全てのようだ。

「もう六月だからね」

「たとえ梅雨でも四割は四割だろう。ヒットさせてほしいもんだ」

「そんな無茶な」

垂れ込める雲は濃い鼠色で、丸が先ほど言ったとおり簡単には止みそうもない。

つくづく傘を持ってきてよかったと思う。濡れずに帰れそうだ。

と、このときは思ったのだ。


放課後。もちろん雨は止んでいなかった。

予想していた通りではあるわけだ。嬉しくないけれど。当たってほしくない予想に限って外れない。世界はマーフィーの法則で満ちている。

幸い、今日はバイトが休みの日なので、渋谷駅前まで出る必要はなかった。まっすぐに帰宅してしまったほうが良いだろうな。昇降口の下駄箱に向かいながらそんなことを考えていると、見慣れた後ろ姿を見つけてしまった。

雨空を見上げてぽつんと立っている少女。

灰色の曇り空を背景にしていると、明るい髪の色もくすみがちに見える。

綾瀬さん……だよな。まさか傘を忘れた、とか？　嘘だろう、確率60%だぞ。まさかお前も打率四割をありがたがるタイプだったか。思わず突っ込みたくなったが、そういえばと思い出す。彼女は俺より早く家を出た。俺が天気予報を見ているときには、もう玄関の扉の向こうに消えていた。

横顔を遠目に見つめながら思案する。どうする？

左右に視線を振って確かめる。オーケイ、誰もいない。どうやらみんなはさっさと帰宅することを選択したらしい。賢明だな。

鞄を開いて、底にしまいこんである折りたたみ傘を取り出した。二段折りの傘はたためば楽に学生鞄に入る。荷物にはならない、だから、あとは持ってくるかこないかだけの選択だった。人生は選択の連続である、とは誰の言葉だったか。

彼女を驚かせないよう、すこし大きめに靴音を立てて近づく。三歩離れたあたりで立ち止まる。距離感、こんなもんだよな。背後から肩を叩く勇気なんてない。というか、同性じゃあるまいし、女の子の体に触れるのはまずいだろう。悲鳴を上げられたら俺の平穏な学生生活が詰むしな。

軽く咳払いをしてから、口を開いた。

「傘、忘れたんなら、入ってく？」

肩がぴくりと震えた。振り返れば流れる金色の髪。天井に灯る仄かな蛍光灯の光を返して、翻った髪の隙間からピアスの銀が瞬間だけ光る。

ぼんやりとした瞳がこちらを向いた、ゆっくりと俺の顔で焦点を結ぶ。無事に再起動を果たしたＯＳみたいに綾瀬さんの顔に表情が戻ってくる。

「え？」

瞳が丸くなる。驚くところか、そこ。

「もしかして、俺のこと忘れてる？」

「なに言ってんの、浅村くん」

「それはこっちの台詞なんだが」

ちょっとだけ不安になったぞ。

「で、なに？　まだ学校の中なのに声をかけてくるなんて」

「あー、いや、さ」

怒っているわけではない。それはわかった。むしろこれは訝しんでいる、といったところか。ここ数日で綾瀬さんの表情から俺はいくらかの情報を引き出せるほどにはなっていた。学校では他人のように振る舞いましょう。そう取り決めてはいる。けれど、だからといって破った相手を非難するのもおかしな話だ。後ろめたいところがあるわけじゃないし。つまるところ本当に兄と妹なのだ。

と、まあ、理性的判断がくだせるだけの理性と知性を彼女は持っており。そのあたりを踏まえての「で、なに？」なわけだ。正直、助かる。多少そっけなく聞こえたのだとしたら、それは朝の件の気まずさのせいだと思う。思いたい。

「傘、忘れた？」

もういちど問いかける。

「あ、うん。まあ……そうだけど」

「四割か」

「えっ？　なにそれ」

首を傾(かし)げつつ、ちらりと視線を俺の手元の傘へと投げてきた。

「どうせ同じ家に帰るんだし、と思ってさ」

言外に、濡(ぬ)れるくらいなら、遠慮しないで入ればと言っている。伝わるはずだ。

綾瀬(あやせ)さんは戸惑ったような、困ったような表情を浮かべた。

「あー……ううん。友達と待ち合わせしてるからさ。彼女、部室に用があるっていうから。だから傘は――」

「じゃあ――」

思わず早口になってしまったが言い切る。

「使ってくれていいよ。走って帰れば、たいして濡れないだろうし」

だから傘はなくても、と言い出す前に、綾瀬さんの手に傘を押しつけ、俺は大急ぎで靴を履き、雨の中へと飛び込んでいく。

やっちまったか。そう思わないでもない。お節介だったかと。

友達を待っていると言っていた。

その友達と一緒に傘に入るつもりなのかもしれない。けれど、それで濡れずに済むかと言えばどうだろう。女物の傘って小さいしな。

傘を押しつけた瞬間に見た綾瀬さんのぽかんとした顔が脳裏に浮かんでくる。そんなことをされるとは思ってもいなかった、という驚き顔。あの顔を見れただけでもお節介の甲斐はあったかもしれないと思う。

またひとつ、見たことのない綾瀬さんの顔を見てしまった。

こうして修正に修正を重ね、すり合わせにすり合わせを重ねて、俺たちは兄妹になっていくのかな。そんなことを思いながら走った。

叩きつける六月の雨が、すぐに学生服の中まで染み込んでくる。背中を汗とはちがう冷たい液体が滑り落ちてくる。靴の中に水が溜まり、足が地面を叩くたびに、びしゃりぐしゃりという心地悪い感触が伝わってくる。

銀色の幕の向こうに自宅マンションの背伸びした姿が見えたとき、俺は妙にほっとしてしまった。

オートロックを解除して管理人室の脇を通り抜け、角のエレベーターを三階まで昇って降りる。水気を帯びたペタペタという音を廊下に響かせながら扉を幾つかよぎると、ようやく我が家の扉が見える。

鍵を開けて中に入り、明かりをすぐに点けた。

橙色の光が満ちて、そこでようやく俺はつぶやいた。

「ただいま。……なんてな」

応えは返ってこない。沈黙だけが返事だった。まだ親父も亜季子さんも帰っている時間じゃないんだから当たり前なんだけど。それはもうとっくに慣れたと思っていた感情なんだけど。

なんだか応えが返らないことにすこし寂しさを感じている自分に気づいた。

ダイニングのテーブルに鞄を放り投げて俺はすぐに風呂へと直行した。

ユニットバスの蛇口を捻り、湯船に湯を溜め始める。このまま十五分ほど放置だ。

その間に俺は、学生服をハンガーに掛け、濡れた服を洗濯機へと放り込む。洗剤と柔軟剤をセットして洗濯をスタートさせた。バシャアという水を注ぐ音がして、しばらくしてゴンゴンとドラムが回り始める。

「おっと、そうだった」

下着を用意しておかないと、湯上がりにタオル一枚で部屋の中を歩き回ることになる。

これまでだったら当たり前にできていたことだけど、今はまずい。

実の兄妹だったら気にしないものなのかな？　ないない。さすがにそれはない。

ないよな？

湯船に湯が半分ほど溜まったところで俺は待てずに風呂に浸かった。そのまま数分間、自分の体の表面を湯面が這い昇ってくるのをぼうっと待っていた。肩まで湯が達したところで蛇口を締める。

熱い湯が体にすこし痛く感じる。六月の冷たい雨に全身がすっかり冷えてしまっていたらしい。

疲れているかのようなため息をついてしまう。

熱にぼうっとしてくる頭で、俺は綾瀬さんからの依頼について考えていた。

割りのいい高額バイトの当てか。彼女が食事を作ってくれると言っている以上、ギブ＆テイクとして、俺は彼女のためのバイトを見つけてやる必要がある。

ギブ＆テイクはギブを多めに、という綾瀬さんの言葉が蘇る。そう聞いてしまった以上、だからこそ、それに甘えるという選択肢は無しに思えた。俺も同感なんだ、綾瀬さん。だからここはなんとしても見つけないとな。

「う～ん……」

手のひらでなんとなく湯面をぱしゃりと叩きながら考える。

やはり今の時代は、雇われではなく起業がいいかもしれんな。使われる側よりも使う側のほうが儲かる、と見繕った本の帯にも書いてあったしさ。

ということは、ユーチューバーやウーバーイーツで……！　……いや、ないな、うん。冷静になれ自分。

そもそも学生の身では「起業」と言われてもピンとこない。会社を興す、ということについて俺は知らなすぎた。

「社会の仕組み、商売の仕組みを知ってるかどうか、か……」

丸が言ったとおりだ。知らないことばかりだ。これでは高額バイトを探し当てることなんて無理な気がしてくる。

しかし、そうなってくると綾瀬さんにだけ食事の支度をお願いすることはできない。フェアではなくなってしまう。それこそ交代制で俺も作ることになるわけで。

綾瀬さんのように料理なんてできないぞ俺。ぼんやりと、制服にエプロンを纏った彼女の姿を思い出していた。あの姿を見たとき俺の頭をよぎった感情は、可愛い、じゃなかった。萌えとかでもない。綾瀬さんのエプロン姿は……。

様になっている。そう、それだ。

長い後ろ髪をかき上げて首の後ろで紐を留め、背中に回した手で視線を前に注いだままで結んでいた。それから肩にかかった紐を一度だけくいっと指で引っ張る。それだけでもう次の瞬間にはまな板の上で包丁が躍っていた。

流れるような仕草は綾瀬さんがその動きを何度も何度も繰り返してきたことを物語る。

実際、そうなのだろう。彼女は俺がコンビニ弁当や出前で済ませていた時間を、料理に費やしていたのだ。それも、たぶん自分のためじゃない。

俺の親父は料理を作らない。だから俺が料理を作らなくても気にしない。

でも、亜季子さんはそうじゃなかったんだ。亜季子さんが初日に用意してくれた料理を見れば、あの人が家族の食べるものをできるかぎり自分の手で作ろうとしていたことは容易に想像がつく。そのこと自体は良いこととも悪いこととも思わない。ただ、そういう性格だということに過ぎない。たとえ亜季子さんが料理を作らない性格だったとしても、俺は一向に気にしなかっただろう。

　ただ、その性格の結果として、もし亜季子さんがいないときに綾瀬さんが店屋物ばかり頼んでいたら、亜季子さんは何としてでも綾瀬さんのために料理を用意してしまうだろうと推測できる。

　忙しい母にそれをさせないためには、母がいないときに自分で料理を作れる必要があったのだ。だから料理を覚えた。たぶん、これが正解。観察と思考。それを積み重ねれば、相手のことをそれなりに想像することはできるわけで。もちろん、それを必要って思わなければ考えもしないいんだろうけど。

「武装……か」

　彼女は俺が逃げていたときに、ずっと戦っていたんだ。

「高額バイト、見つけてあげたいよな……」

　思考がそこに戻ってきたけれど、だからといって何か良い案が浮かんでくるわけでもなかった。考えすぎて頭が熱くなってきた。のぼせそう。

　俺は湯舟から出た。雨にべたついた髪をシャンプーで洗い直し、ついでに体も洗ってから風呂を出た。洗濯機は脱水を終えて乾燥モードに入っている。ややうるさくて音が気になるけれど仕方ない。まあ、まだ気にするような時間でもないか。

用意しておいたラフなコットン地のルームウェアに着替える。

悩み事はとりあえず置いておこうと決める。風呂上がりのだるさの残る体に廊下に漏れ出てくるエアコンの風が当たって心地よかった。気分があがってしまって鼻歌を歌いながらリビングに入って、俺は家に帰ってから、自分がエアコンをそもそも点(つ)けていなかったことにようやく気づいた。

リビングにいた少女ふたりが振り返る——綾瀬(あやせ)さんと。

奈良坂(ならさか)さん？

なんで？

一瞬、俺の頭の中が真っ白になる。それから気づいた。

って、俺、今——。

しまったァ————！　妹の耳があるのを忘れて鼻歌を歌ってしまったァ————！

羞恥心が俺を攻め立てに上陸作戦を決行していた。決戦にあっさり負けて、顔いっぱいに熱が押し寄せてくる。つまり自覚できるほどに俺は真っ赤になっていた。

というか、妹の綾瀬さんだけじゃない。ガチで赤の他人である奈良坂さんにまで見られてしまったというか、聞かれてしまったではないか。やばい。百回死ねる。マジどうしよう。

手足の先までしびれたように俺は動けなくなっていた。

一方で綾瀬さんのほうもぽかんと口をあけっぱなしにしていた。「あ」の形に唇が丸まっている。

「ごめん。真綾が『沙季のあたらしいおうちに遊びにいきたい』って言い出して。先に相談しとくべきだったんだけど、浅村くんのＬＩＮＥ知らないから」

連絡できなかった、と、そういうことなんだろう。俺のほうに近寄りながら、こそっと言ってくる。

いや拝まれてもだな……。

両手を合わせて、ごめんのポーズを取っている綾瀬さん。これもまた珍しい。仲良くしている友人の前だからこそ、つい出てしまう仕草なのかもしれない。

奈良坂さんも驚きを顔に浮かべていたけれど、すぐにいつものような笑顔になった。

「おー！　ウワサのお兄さん！　ホントに隣のクラスの浅村くんなんだーっ！」

めっちゃ元気な声だった。

「ねえねえ、わたしのこと知ってる？　沙季から聞いてたりする？」

「え……。そうですね」

どう返せばいいのか。

「仲良くしている、と」

とりあえず当たり障りのない返しをしてみた。

俺の言葉を聞いた刹那だけ、奈良坂さんの瞳の色が変わった気がした。「あー、仲良く、かあ」と小さな声で言った？　口の動きだけだから、見間違えかもしれないけれど。真顔のちょっと手前みたいな……というか困ったような表情？　たぶん、俺に近づいてしまっていた綾瀬さんからは背中側になっていたから見えなかっただろう。

でも、奈良坂さんのその表情は一瞬で消えてしまって、月並な表現だけどぱっと花が咲いたように明るい顔になる。

「そうだよー！　仲良しさんだよ！　だから、浅村くんもよろしゅう！　いっぱい仲良くしてねー」

「そう……ですね。こちらこそ、よろしく。それで、ふたりとも濡れなかった？」

窓の外はまだ雨模様だ。嵐とまではいかないけれど、そこそこ風も吹いていて、窓を走る水滴が斜めに動いていた。

「だいじょうぶでしたー！　ふたりとも傘あったし！」

「そうでしたか」

「沙季ってば、忘れたって言ってたのにね」

「鞄の底にあった」

そういうことにしたようだ。折りたたみが、男物とはっきりわかるような傘でなくてよかった。

「もう、こんの、ドジっ娘さん！」

「真綾に言われると、激しい心因性の眩暈がしてくるんだけど」

「むずかしいこと言ってる！　てかてか、イマドキそんな言い回しする？」

「ん？　へん？」

「変！　まっ、いいけど」

ソファに勢いよく腰を下ろした奈良坂さん。ぼふっと派手にバウンドした拍子にひらりとスカートが舞うお行儀の悪さに、綾瀬さんがため息をこぼした。

「真綾。下着」

「あっ」

ものすごい慌てぶりで体を起こしてスカートを押さえる奈良坂さん。それから、じとっとした瞳で俺を見つめてきた。見えませんってば。そもそもそんな角度じゃなかったでしように。

「沙季、この家、危険」

「なにカタコトになってるの」

「男がいる！」

「浅村くんが女には見えないね」

「オトコだよオトコ！」

「だからなに？」

「大変だよ！　お風呂上がりにぱんつ一枚で歩けないよ！」

「そもそも歩かないから。てかあんた、ふだんそんなことしてるの？」

「してません。淑女なので」

ふふんと何故(なぜ)か偉そうだ。

「でも、へー、沙季(さき)もさあ」

「な、なに？」

「『あんた』なんて言うんだねぇ」

ふふっと口許(くちもと)をゆるめて奈良坂(ならさか)さんが言った。

「ッ！」

しまった、とばかりに顔を背けてももう遅いと思うんだが。完全に油断してたな。顔、赤くなってるのわかっちゃうし。

「へー、ほー、ふうん。いやあ、おとーさんは嬉(うれ)しいよ」

「あなたは私のお父さんじゃないでしょ！」

思わずといった感じで綾瀬(あやせ)さんが突っ込む。なるほど、いつもは『あなた』呼びでしたか。

「呼び捨てまでも時間かかったけどねー」

「そうだった？」

「そうだよー」

「記憶にない」

「わたしはしっかり覚えてるもん！」

「忘れてくれていいよ？」

「やだ！」

嬉しそうな「やだ」だった。

だがこれはおそらく気安く呼ばれたことに対して嬉しがっているわけではない。綾瀬さんの素が見れた。そんなふうに感じたからだろう。

世の中には親しくなると気安くなるという現象を勘違いして、相手に失礼な呼び方をすることで仲の良さをアピールする連中がいる。だが、失礼な呼び方は失礼な呼び方でしかなく、それ以上でも以下でもない。

綾瀬さん、浅村くん、そう呼び合うことに俺と綾瀬さんは同意した。それはお互いに対して丁寧な呼び方をすることにネガティブなものを感じていないからだ。その上でタメ口なわけで。

そして奈良坂さんも、そこを勘違いするような人には見えなかった。

いやちがうな。そこまではいま話をしたばかりの俺がわかるわけがない。ただ、奈良坂さんがそういう人だったら、綾瀬さんはたぶん彼女とは家に呼ぶような間柄にはなってないと思う。つまり、綾瀬さんが家に招き入れているという結果から推測できるわけで。他人を理解するために必要なのは観察と思考の積み重ねだ。

「それよりさ！　ねえねえ、沙季のお兄ちゃん！」

「お、お兄ちゃん？」

奈良坂さん、先ほどまで俺を『お兄さん』『浅村くん』と呼んでいませんでしたか？

いきなり距離を詰めた呼び方をされて、前言を撤回したくなってきた。

「お兄ちゃんってば、なに照れてるの！」

「いや俺は奈良坂さんの兄なわけでは……」

「もう、他人じゃないんだから、まあや、でいいんだよ」

「呼びませんよ！　ってか、俺と奈良坂さんは立派な他人ですよね？」

「ちいさいことに拘っちゃだめだよ、お兄ちゃん！　呼ばれてうれしいでしょ、お兄ちゃん！」

「そんなこともないです」

そういう性癖の奴もいるのだろうが、俺はとくに感じるところはなかった。奈良坂さんのちょっと甘えボイスでここまで「お兄ちゃん」を連呼されると小動物に懐かれているような印象はあるが。

というか、意外と押しが強いな奈良坂さん。そこまで友達の兄にだけウザ絡むような性格には見えなかったけど。

「……やめて……」

かすかな声が聞こえた。

綾瀬さんが顔を伏せて何かを堪えるような表情でつぶやいたのだ。

「んん？　どしたの、沙季」

「……ずかしい」

「聞こえないよー」

「恥ずかしいからやめて！　あなたの『お兄ちゃん』ってのを聞くと、背中がぞわっとしてむずがゆくなるの！　だからお願いやめて！」

「ありゃ、こっちが先に折れちゃった」

あー、そういうことか。

「つまり、俺をからかって綾瀬さんといっしょに盛り上がりたかったんですね？」

「あ、あははは！　――正解！」

「正解、じゃないですよ」

まじめな顔をして俺を指ささんでください。というか、人に指を向けちゃだめです。

「まあ、お兄ちゃんで遊ぶのはひとまずここまでにしておくとして」

「永久に封印してください」

「そんなもったいない。ねえ、沙季もいっしょに『お兄ちゃん』って呼んであげようよ。ほら、いっしょに、せーの！」

「ぜったいにしない！」

「いきなり兄弟ができるなんて人生の面白イベントなのに？　有効活用したほうが楽しいよー」

「真綾ってば、人生ゲームのイベントカードを引いたノリで言わないで。……なにしてるの？」

奈良坂さんはテーブルの下に置いていた自分のスポーツバッグを開けて何かを取り出そうとしていた。

「これこれ。これで遊ぼうよ！」

「ゲーム機？」

「奈良坂さん、学校にゲームの持ち込みは……」

「禁止されてないよ。遊んじゃだめって言われてるだけだよ」

それは同じことではないのか？　と思ったが。

聞けば、授業時間に遊ばなければ携行は構わないという話らしい。教師にも問い合わせたと聞いて、行動力に目を瞠る。しかし、我らが都立水星高校、思ってた以上に自由である。

「沙季、持ってないって言ってたじゃん？」

奈良坂さんが取り出したのは巷で流行りの最新ゲーム機だった。

「持ってないね」

「だから、いっしょに遊びたかったんだ。これ、テレビに繋いでいい？」

ソファの向かいにある50インチの液晶を指さしながら言った。

「……構わないけど」

「いっしょに遊べるのがあるんだよ。あ、ついでにここ、ネット通ってるかなあ」

綾瀬さんが俺に目で問いかけてくる。Ｗｉ－Ｆｉのパスを教えていいかと聞いているのだ。

　初めて家に来たときにパスワードは教えてあった。現代では家の鍵を渡す相手ならば、ほぼ同時に行う儀式だろう。いいよ、と俺はかすかに頷いた。

　綾瀬さんがパスを書いたメモを渡すと、奈良坂さんは手早くセッティングを終え、ソファに戻ると俺に向かって言ってくる。

「浅村くんも一緒にやらない？」

　言いながらコントローラーを取り出す。二つ、じゃないな、三つ用意してあった。もしかして、ひとつは俺のぶんか？　丸の言っていた面倒見のいい性格、という奈良坂さんの評判を思い出した。最初から俺も巻き込んで遊ぶ気だったのかもしれない。

　ふたたび俺は綾瀬さんとアイコンタクト。どうすれば？　と目で問いかける。

「はあ。まあ、まだ雨もやまないしね。浅村くんも、こっちどうぞ」

　綾瀬さんは、ソファの片側に寄ってひとりぶんのスペースを空けながら言った。

「ほほう。やはりお兄ちゃんは自分の隣がいいと」

「やっぱやめ。そっちを空けてくれる？」

　詰めた腰を元に戻して言った。

「わたしたちの間でいいじゃん。ほらほら、浅村くん、どうどう？　両手に花！」

「俺はどっちかというと端のほうが……」

「だーめ。ここは譲らないからね！」

「なんで真綾が我がもの顔で我が家のソファを抱きしめてるのかな」

詰めればぎりぎり三人座れるソファの、綾瀬さんとは反対側をがっつりとホールドしながら言う奈良坂さんに綾瀬さんが呆れ顔になる。

「わかりました。わかりましたから。そこで良ければ座りますから」

仕方なく俺はソファの真ん中に腰を落とした。

ふたり家族だったのだ。当然ながら、そんなでかいソファじゃない。

クラスどころか校内で話題になるような女の子ふたりの間に座らされて、心穏やかでいられるわけない。俺がいくら他人に対してフラットを心がけているとはいえ、限度というものがある。

「湯上がり浅村くん、いい匂いさせてるねえ。なるほど、これが浅村家のシャンプーの匂いですか。ということは沙季も」

「同じの使うわけないでしょ。常識で考えなよ」

常識だったのか。

親父とちがうシャンプーとボディソープを使うとか、そういや、考えたこともなかったな。ということは、これからは買い物も気をつけないといけないわけか。そう考えた俺を見透かしたかのように。

「自分のものは自分で買うから。もう高校生なんだし」

即座に気にするなと伝えてくる。やはり綾瀬さんは気が回る。ありがたかった。

「じゃ、はっじめるよー！」

言いながら奈良坂さんがコントローラーを操る。

軽快な音楽が流れだした。俺は画面に集中する。

俺にとっては慣れたソファのはずなのに、この中でたぶん一番座り心地を悪く感じていそうなのはなんなんだろうな。そんなことを思いながら、俺は先ほどの綾瀬さんの発した台詞を思い出していた。我が家のソファ——とっさに出た言葉だろうけれど、なんとなく嬉しく感じてしまったのだ。

ゲームを起動させる。オンライン上に最新のパッチを探しているようだ。だが特にアップデートされることもなくゲームはスタートした。

「これ、もしかして……怖いやつ？」

綾瀬さんがほんのわずかにだけど、声に緊張を滲ませる。

「怖くないよお。かわいいやつだよ！　パズルみたいなもん。このぐにゃぐにゃしたヒトを操って、手を繋ぎながら、こっちまでゴールさせるの」

画面上で、骨がないかのようにうねうねしているヒト型のキャラクターを指さした。

ひょいっとコントローラーを操ると、奈良坂さんのキャラらしき奴がぽんと空中に放り出されてくるくる回りながら棘のついた地面に刺さった。派手に血しぶきが上がり、悲鳴とともにステージの下に落下した。

「ね？　こうなると死んじゃうわけ」

「やっぱりホラーじゃないの」

「ちがうってばー！　ちゃんとやればクリアできるんだよ。失敗すると怖いだけ。ほら、浅村くんも、これ持って」

「お、おう」

コントローラーを渡された。

「いい？　これって、三人が息を合わせることが大切なの。つまり初めての共同作業！」

「意味ちがわないか、それ」

「ごちゃごちゃ言わない！　ほらほら、始まるよ！」

山ほど死んだ。

もともと初めてのゲームで上手くできるわけないよな。しかし、俺のキャラが落っこちて派手に死ぬたびにここぞと奈良坂さんは煽ってきた。ほらほらもうちょいだよー、あーなんでそんなに焦るかなー。ほれ頑張れ！　だーめじゃ——ん！　と言いながら肩までぶつけてくる。

恐ろしいほど距離感が近い。本当の義妹である綾瀬さんよりもよほど人懐っこくて、妹っぽい。

「はー、遊んだ遊んだ！」

終わる頃には雨は止んでいた。満足げに目を細めて奈良坂さんは帰っていった。

「ごめん、ウザい友達で」

　マンションの外まで送っていった綾瀬（あやせ）さんが戻ってくるなりそう言った。

「や、別に」

「あのさ……」

　言いにくそうにしているので、俺はどうしたと促してみる。

「ＬＩＮＥ交換、いいかな？　ほら、こんな不幸なバッティングが今後ないように、さ」

「あ、ああ、そうだな」

　俺としても否やはない。そう、これは不幸を回避するために必要なことなんだ。家族なんだし。不思議なことじゃない。

　友だちリストを開くと、綾瀬さんのアイコンが並んでいた。

　洒落（しゃれ）たティーカップの写真を使っていた。アイコンだけだと、男女さえわからないものを選ぶところも綾瀬さんらしい。

「これも武装かな……」

「なんか言ったー？」

　ＬＩＮＥの交換が終わるなりシステムキッチンに直行していた綾瀬さんが振り返って言った。まな板を包丁が叩（たた）く音が瞬間とまる。

「や、なんでも」

「そろそろご飯できるよ」

「わかった」

とんとんとふたたび包丁の音が聞こえて、味噌汁の匂いが鼻をくすぐる。

俺は慌ただしかった今日一日を思い返す。登校途中で綾瀬さんのイヤホンの秘密を知ってしまったことを皮切りに、なんともイベントの多い日だったなと。

球技大会の練習のとき、奈良坂さんと睦まじくボールを打ち合う綾瀬さんを見た。傘を持っていったにもかかわらず、たっぷりと濡れねずみになった。風呂上がりの鼻歌を聞かれてしまったのは今生最大の失敗だったし、そのあとの奈良坂さんも交えてのゲームでは、何ひとついいところを見せられなかったけど。

収穫は充分にあった気がする。

スマホの画面を閉じながら、そう思った。

●6月11日（木曜日）

朝。テーブルの周りには亜季子（あきこ）さんを含めた一家四人が席に着いていた。

亜季子さんは昨日も、というか今朝も、遅くに帰ってきたから、まだ寝ているはずの時間なんだけど。

「もうすぐ夏至なのねえ」

ふわわと小さくあくびをしながら言った。

日差しが眩（まぶ）しくて目が覚めてしまったということらしい。そういうことなら親父（おやじ）たちの寝室、遮光カーテンを入れたほうがいいかもな。たぶん気づいてない親父には、後で言っておこう。

亜季子さんは、もういちど寝かせてもらうから、と言いながらもキッチンに立っていた。

一方の親父のほうは、今日は遅出だということで、いつもよりのんびりとタブレットで経済新聞なんぞ読んでいる。

ゆえに、ひさしぶりに四人揃（そろ）っての食事なわけだ。

「ほい、親父。そっちお願い」

「はいはい」

テーブル拭きを放った。親父はにこにこしながら、テーブルの半分、自分と亜季子さんの前を丁寧に拭きあげた。

きれいになったスペースに、亜季子さんと綾瀬さんが朝食を並べる。食事を作る人が二人だったからか、いつもより品数が多めだ。

最後の一品はたまご焼きか。四角い、たまご焼き用のフライパン（我が家にはなかったやつ。亜季子さんが持ち込んできたものだ）の上で、薄く伸ばした卵を、菜箸を使ってくるくると器用に丸めていく様は、見ていて同じことをできる気がしなかった。匠の技を盗もうとしている弟子みたいな顔つきで、味噌汁の味見をしながらも綾瀬さんが亜季子さんの手元をガン見していた。

いただきますと、四人、声を合わせてから箸を伸ばす。

自然と手が伸びたのは亜季子さんが作ったきれいな焼き色のたまご焼きだった。

ふわりとした厚手の、ナルトみたいな黄色い断面をした一切れを箸で摘んで口に。噛んだ瞬間にじゅわりと汁が零れてきて口内に広がる。それが予想した味とちがった。これは？

「うまっ。でも……あれ？　たまご焼き、じゃ、ない？」

「出汁巻き卵」

作ったのは亜季子さんのはずだけど、なぜか綾瀬さんのほうが答えてくる。

「だしまきたまご？」

「たまご焼きは基本、卵の味だけでしょ。塩けが欲しければ塩を入れるし、甘いのが好きな人なら砂糖を入れるけど」

「砂糖？」

「甘いの嫌いだった？　だったら、入れないようにする」

「あ、いや……どっちでもいいけど。というか、たまご焼きって甘いのもあるんだ」

「えっ……」

「え？」

そんな異世界人を見るような目で見られてもな。

「……調理実習くらい、やってきてるよね？」

「あ、ああ。でもたまご焼きは作らなかったな。目玉焼きはやった」

「ふうん。で、出汁巻き卵は、出汁を入れて作るわけ」

「出汁……？　麺つゆとか？」

「うーん、うちは白だしだけど」

ちらりと視線を向けた先、システムキッチンの上に見慣れない白ボトルの調味料がある。

なるほど、あれか。自炊をしない我が家には、塩と醤油と砂糖くらいしかなかったはずだから、あれも亜季子さんが持ち込んだものなんだろう。

「この味は卵の味に出汁の味を足してるから。もちろん場合によっては塩を足したりもする。甘くしたければちょっとみりんとか。醤油を入れることもあるけど、色が付いちゃうから、それだと見た目はこんなふうにきれいな黄色にはならない」

「詳しいね」

「沙季ちゃんも作れるわよ。悠太君が気に入ったのだったら作ってあげたら？」

「私だと、こんなにふわっとしない……」

「俺、目玉焼き好きだから」

「……そう。まあ、気が向いたら作る」

俺と綾瀬さんの今の会話の裏の意味はこうだ。契約外の手間を増やさなくもいいからな。俺は気にしないぞ。それに対して綾瀬さんは、ありがとう。お礼に余裕があったら作ってあげるわ、と。

実はそんなやりとりが裏で成立していた。これで互いに意思が通じるのだからありがたいというか。一応、後で確認しておくけどな。暗号コミュニケーションは齟齬が発生しやすいもんだし。

そんな俺たちのやりとりなど気づかず、亜季子さんの出汁巻き卵は美味しいなあと親父が繰り返していた。しかし、世界一美味い、はさすがに言いすぎだろう。惚気か。これは惚気なのか。まさか朝から四十を超えた実の父の惚気を聞かされることになろうとは……。十六歳の高校生のメンタルにはだいぶ堪えるな、これは。

話題を逸らそうと思考を巡らせて、ふと思い出した。

「そういえば。今週は俺が洗濯する番だと思うけど、亜季子さんや綾瀬さんのもまとめて洗ってしまっていいんだよね？」

「あっ、それは……」

もごもごと綾瀬さんが何か言いかけては呑み込む。

俺は首を傾げた。なにごともはっきり口にする綾瀬さんにしては珍しい。どうしたことだ？　俺はなにかまずいことを言っただろうか。

「えっとね。もし悠太くんが嫌じゃなければ、お洗濯はぜんぶお母さんがやってあげるわよ～」

「え？　それは悪いですよ」

四人で暮らすとなったときに、家事の分担も話し合った。そのときとはもうすでに色々と変わってきてしまっているとはいえ、ここでさらに洗濯まで任せてしまうわけには……。

「でも、四人分は大変でしょう？」

なおも亜季子さんは粘る。その反応で俺はさすがにおかしいなと気づく。

よくよく考えてみれば女性陣の衣類を男の俺が扱うこと自体がセンシティブだろうに、家事の負担を押しつけたくない気持ちが先行して察する感性が鈍ってしまっていた。

それがいけなかった。亜季子さんからのパスを受け取るまでのタイムラグが、綾瀬さんに、詳細な説明をさせてしまう。

「下着まで浅村くんに任せるのは、その。……そ、それに、生地とかけっこう繊細だから扱いが大変だと思う。どれをどの洗濯ネットに入れて洗うとか、知ってる？」

「……どれを、どの？」

言わせてごめん、という謝罪の前に純粋な疑問が口から出た。

「ブラはそのままじゃ形が変形しちゃうし、ホックや飾りが他の服の生地を傷めたりするよね？　それでブラ専用の洗濯ネットがあるわけ。ぱ……ええと、インナーの下も可愛いやつって、飾りの部分が取れやすいし……」

　やや気まずそうな雰囲気がありつつ、丁寧に説明してくれる。思った以上に女性の服の洗濯って複雑なものらしいことはわかった。

「というか、浅村くんだって色の濃いものと薄いものをわけたり、立体プリントの入った服はネットに入れるでしょう？　そうしないと剥げちゃうし」

「立体プリントって、絵やロゴが生地に貼りつけてあるやつ？」

「そうそれ」

「ああ、だから洗濯するたびに剥がれていくのか、あれ」

　そう返したら、綾瀬さんが頭を抱えた。

　それから顔をあげると、きっぱりと宣言する。

「その知識レベルで私の服は任せられません。私が自分で洗います」

「あ、うん。……了解」

　微妙に漂った気まずい空気を払うように亜季子さんがにっこりと微笑む。

「太一さんのは、わたしの当番のときにまとめて洗うわね。なんだったら、悠太くんのも、お母さんがいっしょに洗うわよ」

　そう言われると、洗濯籠をひっくり返して放り込むだけだと思っていた洗濯が、急に具体的な場面となって生々しく脳裏に浮かんでしまった。

亜季子さんが。

俺のぱんつを？

うわあ。だめ、絶対。

「……本当の意味で綾瀬さんの気まずさがわかった気がする」

「でしょ？」

はあとため息をつかれてしまった。まあそのなんだ。ごめんな。


玄関扉を開くと、張り出し廊下の向こうから響いてくるざあざあという音が急に大きくなった。今日も雨が降っている。

一緒に行くからと言われ、綾瀬さんは俺と並んで家を出た。

これはどうしたことだ？　と俺は訝しむ。

今までは頑なに先に出ていたのに。

確かに義妹とはいえ本当の妹なのだし、並んで学校に行くことに問題はないのだけれど。

いや待てそうか？　高校生にもなって男女の兄妹で一緒の登下校とかありえない気もするのだが。それとも俺が考えすぎなのか。

「話したいことがあるの」

下に降りるエレベータの中で綾瀬さんはそう切り出してきた。

なるほど、と俺は納得する。確たる理由があるのならば別だ。ストレートな物言いや行動を好む綾瀬さんらしいとさえ思った。

「ちょっと謝りたくて」

「……謝る？」

何をだろう。俺は朝からの一連の彼女とのやりとりを思い返してみた。何か謝られるようなことを彼女はしただろうか？　俺がやらかしたのは間違いないが、綾瀬さんが謝るようなことって……。

エレベータを降りて、マンションを出た。

雨の檻に閉ざされた通りには人通りはわずかで俺と彼女の傘だけが並ぶ。学校までの時間、ふたりきりで話すにはちょうどよかった。

雨にうたれて緑が鮮やかに映えている街路樹の向こうを、時折りクラクションを鳴らして車が通り過ぎる。跳ねる飛沫を警戒して俺たちはその瞬間だけ立ち止まる。

歩みを再開した綾瀬さんがすこし顔をしかめてから話し始めた。

「無意識の差別的な発言は、私のもっとも嫌悪すべきところなの。ごめんなさい」

真剣な顔でそう言った。

俺はとっさに身構える。綾瀬さんの表情から、これは真面目な話なのだと理解したのだ。

綾瀬さんはひとつ息を吸ってから一気に吐き出した。

「可能性のひとつとして、浅村くんがブランドもののランジェリーを身に着けていることだってありえないことじゃないものね」

ありえなかった。

「私、凝り固まったジェンダーロールを否定してきたのに」

「待って綾瀬さん」

「浅村くん、それなりに身なりには気を遣っているものね。昨日だって濡れた服をすぐにお洗濯してたし。リップやファンデを塗っているところはまだ見たことないけど、見えないところでお洒落するタイプって可能性もあるし」

「待って、冷静になって綾瀬さん」

俺は大きく回り込んで彼女の歩みをさえぎった。

暴走する思考を止めるためには、結びついている行動をまず止めるのが手っ取り早い。

俺に歩行を止められて、綾瀬さんはさすがにはっとなって傘の内側の顔をあげた。

「……はい。冷静になりました」

「あ、うん」

「女装を好むからといって、リアルにそうしてるとは限らないわよね」

だめだ、まだ冷静になってない。

「落ち着いて考えてみようよ。俺の家の洗面所は見てるでしょ？」

むむ、と眉を寄せて綾瀬さんは考え込んだ。

「えっと……。そうね。ええと、髭剃りはあったね。シェービングローションもあった。いわゆる女性用のコスメ類は……なかった」

「でしょ？」

「でも、浅村くん、眉の形きれいだし」

「は？」

「そんなにきれいなんだから、きっと整えてるんだよね。コームは見当たらなかったけど、美容院に行っている可能性もあるから――」

「床屋だよ」

美容院って男子高校生には難易度が高くないか？

いくらここが若者の街・渋谷でも、誰もがコスメとブランドに夢中だとは限らないわけで。俺はファッションに使う金があったら本を買う。

「え？　じゃあ、その眉って自前なの？」

「そうだけど」

まじまじと見つめられた。

「信じられない。うらやましい……」

「そ、そういうもん？」

「……なんか悔しい」

そう言って、綾瀬さんは歩みを再開した。

俺も黙って彼女の隣を歩く。

「あのさ」

「なに？」

「さっきの続きだけど、ほら、ジェンダーロールがどうこうってやつ」

「ああ」

「ジェンダーロールって、あれでしょ。性別によって期待される役割を演じることだよね？」

大雑把にわかりやすくいえば、男は男らしく女は女らしく振る舞うこと、がジェンダーロールだ。どんな行動が「らしい」かを決めるのは世間と呼ばれる共同幻想であって残念ながら自分ではないし大体において確たる理屈があるわけでもない。

「そうね。でも性別って、そもそも現代では二つになんて収まらないじゃない？」

「あー、まあ、そうだね」

知らないわけじゃない。本をふつうに読んでいれば、そのあたりのことは知らず知らずに学ぶものだ。それに昨今ではしばしばニュースにもなる。米版Facebookは、カスタムによって五十八の性を表現できるとか。話題になったしな。

そもそも、DNA上の性別からして単純な男と女だけではないわけで。そんなことを考えていたら綾瀬さんも同じことを考えていたらしい。

「人類の性別は性染色体によって決まるわけだけど……」

「X染色体とY染色体だね」

「そう。性染色体にはX型とY型があって、その組み合わせで性が決定される。XXだと女、XYだと男。人類を人類たらしめる四十六ある染色体のうちの、たった一本。それがXかYかであるだけ。ゲノムの何パーセントかな」

悔しそうに言うところが綾瀬さんだ。

「まあ、大した差ではないことは確かだね」

「その些細な差に私たちは物凄く振り回されてる。その二種類に絶対分けられるわけじゃないのに」

降り注ぐ雨の音の中で彼女の声だけは俺にはやけにはっきりと聞こえたんだ。

「性自認についてもそう。自分の性が、遺伝子が告げる性とは一致しない人は常に存在するし、色々な認識がある」

頭の中では綾瀬さんの言う理屈を俺だって知っていた。でも、俺は生まれたときから遺伝子も男だし、脳でも男だって認識している。だから実感には乏しい。

「恋愛対象もそう。男性が好き。女性が好き。どちらも好き。どっちも好きじゃない。そもそも恋愛感情が生じない……そのどれも可能性があって、どれであっても否定されるようなものじゃない。自分を飾る服装についてもそう。遺伝子上は女性で性自認も女性で恋愛対象も男性だけど、異性装……つまりこの場合は男装ね。装備はそれを好む女性なんて珍しくもない。同じように、男性が女性用の下着を好んだとしても、何もおかしくない」

「そりゃそうだけど」

「なのに、あの瞬間だけ、私はそのことを頭の片隅にも上らせなかった」

そう言って、綾瀬さんは悔しそうに口許をへの字にする。

これもあれだ。マクロの観点で正しくても、ミクロを見たらいくらでも例外はいるはずってやつの一種だ。人類の大半がそうである、と、だからその人もそうなんだ、の間には大きな違いがある。

俺が女性の下着を日常的に着用する男性だった場合、下着の知識に疎いだけの同性の姉妹が洗濯をするのと何が違うのかってことだ。

おそらく綾瀬さんは自分の服を母親が洗濯するならば気にしないのだろう。なのに、今朝のあの瞬間、自分の下着が俺に洗われると考えたあのとき、確認の一切を省いて生理的羞恥心のほうを先に発露させてしまった。

ふつうなら「あたりまえ」で済ませてしまうようなことなのに、それを気にしている。

綾瀬さんは常に戦っている。

世間ってやつが絶え間なく押しつけてくるロールに対して、思考せずに従うことを良しとせず、ひとつひとつ自分の頭で考えたいと思っている。それが俺みたいに、やりすごすことを選んだ人間にはとても眩しくて――。

「まあ、それを言ったらさ、俺だって亜季子さんに洗ってもらうと想像した瞬間に恥ずかしかったわけだし」

「他人がどうこうの問題じゃないの。私は自分が許せないだけ。だから謝りたいって思った」

「うーん」

俺はすこしだけ思考を巡らせる。

考えは同意できるけれど、この生真面目さは彼女を苦しめるだろう。彼女を否定せずに、もうすこしだけ気楽になれる考え方はないもんだろうか。

そろそろ校門が見えてくる。さすがにそうなると生徒の数も増えてくるから、このまま話し続けることもできないだろう。

「……反射ってあるよね」

「はんしゃ？　ぴかぴか？」

「そっちじゃない。というか、なんでカタコト？」

綾瀬さんの思考はときどきおかしい。まあ、それはそれで面白いからいいんだけどな。

「ええと、思考を通さない行動のこと」

「ああ、そっち。膝を叩くと脚が動く、とか？」

「それそれ」

人間の行動の中には考える前に動くものがある。ものが飛んできたときに、とっさに目を瞑る、とか。熱いものに触ると、手を引っ込めるとか。

「脳を思考させることで発展してきた人類にさ。なんでそんな機能が残っているのか、って前に考えたことがあるんだ」

「それは……いちいち考えてたら回避する時間がなくなるからでしょう？」

「そう。命が危ないから、確率的に危なくなりそうな場合は、思考する前に行動するようにできている。その能力は生物である限りそれはそれで必要なものだと思うんだ」

「それがなんの……ああ、そういう」

賢い綾瀬さんは俺がぜんぶ説明する前に結論に行きついてしまったようだ。けれど、俺はあえてぜんぶ説明する。

「ようするに、アプリのマクロやショートカットキーみたいなもんだよね」

そう言ったら、綾瀬さんはくすりと笑った。

「おもしろい例えね」

「便利だし早いから使う。でも、時々マクロではどうにもならないケースも起こる。そういうとき根本の理屈がわかってないと、対応できないし新しいマクロも作れない」

「そうね」

「とっさにこうしてしまった、には仕方ない部分もあると思うんだ。だって、そういう反射的な行動ができるから得をする場面だってきっとあるんだよ」

「でも、偏見は差別を生む」

「だから見直すんでしょ？　綾瀬さんは自分の行動を見直して反省した。それなら、もうそれ以上は悩む必要はないんじゃないかな。俺は綾瀬さんが反射的行動を見直して修正できない人間だとは思わないよ」

すこし明るい口調に戻して言ってみた。

ふと気づくと脇を歩いていた綾瀬さんがいない。

振り返ると、三歩ほど手前で凍りついたように歩みを止めていた。

「綾瀬さん？」

うつむいている綾瀬さんが気になって声をかける。

「浅村くんは私のことを……」

今度の声は雨の音に負けてしまいそうだった。

「理解してくれすぎます」

そう、言った？

綾瀬さんは顔をあげる。前だけを見据えて早足で俺を追い越していった。

門を潜り、学校へ。背中が人混みと雨のスクリーンの向こうへと消えていった。

「どうした、浅村」

丸に肩を叩かれるまで、俺は傘を差したまま茫然と立っていた。

叩かれた肩のあたりがやけに冷たくて、差していた傘が傾いていて雨に濡れていたことにようやく気づく。

綾瀬さんの消えていく背中が俺の脳裏には焼きついていた。

終業の鐘が鳴っても雨は止んでいなかった。

今日は木曜日。バイトがある曜日だ。一度家に戻って、それから駅前の書店に向かう必要がある。雨の中の移動の繰り返しになるから、すこし面倒かな。店のユニフォームを持ってきて、学校から直接に向かったほうが楽だったかもしれない。

廊下の窓の向こう、霧雨が紗をかけたような外の風景を見つめる。

六月の雨は決して嫌いじゃない。緑がひときわ色濃く見えるし、雨の中でも薫る匂いが夏を感じさせてくれるから。

でも雨の日はできるかぎり荷物を減らしたくてさ。ちなみにバイト先のユニを店置きにせず、持ち帰っているのは、汚れた場合のクリーニングは自分でする決まりになっているからだ。

昇降口が見えてくる。

下駄箱に向かって歩きながら、無意識に俺は視線を左右にさ迷わせてしまう。

そんな自分の行為に気づいて首を横に振る。いやいや。雨を見つめて立ち尽くしている彼女の姿なんてあるはずがないよな。今日は傘を持って自分とともに歩いて学校に来たんだから。

「さすがにもう帰ってるだろ」

手に持っていた大きな男性用の傘を目の前でバッと開く。黒い円が俺の前の風景を大きく丸く切り取って何も見えない。

肩に乗せて昇降口を出た。

朝から降っていたからというのもあるが、折りたたみ傘ではなく、地味な親父の傘を持ってきたのは、万が一にも、昨日の綾瀬さんが差していた俺の傘を、見ていて、覚えている生徒がいたら、と考えたからだ。

そこまで気にする必要はないのかもしれない。兄妹なのは間違いないのだし。

義理の、できたばかりの俺の妹。まだ一週間も経っていない。

それでも、俺はすこしずつ綾瀬さんのことがわかってきたと思っていたのだが。朝の彼女の言葉を、どういう意味だったのだろうと考えてしまって。

傘を叩く雨音がうるさくて思考に集中できなかった。

マンションに戻って家に入った。

分厚い扉が閉まると、耳の中で木霊していた雨音がふっと消える。

すぼめた傘を立てかけ、息を吐く。俺は濡れて重くなった靴を脱いだ。すこし体が冷えていたが風呂に入っている時間はない。さっさと出ないとさ。

自分の部屋に向かう。

途中、綾瀬さんの部屋の前を通った。

覗くつもりなんてなかったのだが、不幸にも扉が開いていて、その隙間から一瞬だけ中の様子が見えてしまった。

部屋干しされたカラフルな下着と服が無防備な状態でずらりと並んでいる光景が。

雨だから、そりゃそうか。

俺は気にせず洗ったらそのまま何でも乾燥機で乾かしてしまう派だが、服によっては傷むからと、取り出してちゃんと干す人間がいるのは知っていた。

しかしとはいえ、である。

まさか自分の家の中で、女物の下着やら服やらがずらりと並ぶ日がこようとはなぁ。って、見つめてちゃまずいよな、これ。

洗濯物が干してあるということは、予想どおりに綾瀬さんが、もう家に帰っているということだし。見ていることを見られたら、気まずいなんてものではない。

「浅村くん？　戻ってたんだ」

「ひっ！」

背後からの声に思わず背筋が伸びた。

ばっと音を立てる勢いで振り返る。

「どうしたの？」

「いや、べつになにも。なんでもないよ」

「そう。ならいいけど」

言いつつ、綾瀬さんはじーっと、何か訝しむような眼差しを注いでくる。

「お、俺、今日はバイトだから」

軽く手を振り、俺は自分の部屋へ向かう。

背中に突き刺さる綾瀬さんの視線を感じていたけれど、振り返るなどという度胸はなかった。まるで本当の下着泥棒みたいだ。

ただ家の中で偶然に目撃してしまっただけで悪いことは何もしていないし、本人も洗濯後の下着はハンカチのようなものと言っていたはずだが、それでも後ろめたさを感じてしまう。

バイト先のユニフォームを鞄に詰め込み、家を飛び出して、書店へと向かう間、雨の音さえどきどきする心臓の音を隠してくれなかった。

俺はバイトに没頭した。

頭から先ほどの記憶を消し去りたかった。特に青い布地のあれとか。

ユニに着替えてネームプレートを胸に付け仕事へと取り掛かった。

今日は在庫の整理だ。仕入れ日から一定期日を経て売れなかった本を棚から撤去しにかかる。そうして棚を空けないと、新刊を入れられないのだ。

明日は金曜日で問屋からの配送に原則土日はない。週末に発売される本はぜんぶ明日には入ってきてしまう。

つまり今日はいつもよりも棚を空けておかないと。

販売側が店舗における来店購買予測の精度をどれだけ上げたとしても、残念ながら個々の来客の行動を完璧に当てることなどできない。

個性ある人間が何に関心を持ち、どんな動機で行動するかには曖昧さも付きまとうし、偶然も左右する。不確定性のゆらぎと混沌は常に存在する。仕入れた本を売りつくすことはできない。たぶん将来もできないだろう。売れ残る本は必ず存在する。

ああ、これ残っちゃったか……。

ラノベのコーナーをチェックしていて、俺は一冊の本を手に取る。

並べたときから気になっていた。よくあるハーレム系ラブコメにしたくなかったのだろうが、だからといって、やはり表紙にびっしりと女の子48人の顔を並べなくても良かったのではないだろうか。斬新にすぎる。

製作側が売りたい、売れるだろうと考える本と、リアルに売れる本は別なのだ。残念ながら多くのお客様は保守的なのである。

俺はその本を取り出した山とは別にしてから棚の残りの整理を続けた。

「まーた、取り置きしてる」

振り返ると読売(よみうり)先輩が立っていた。

「でもこれ、そのままだとどうせ返品か買い取りですから。売上に貢献できれば良いなって。……なんでこれ入荷したんでしょうね」

チェーンの書店なんて、過去の売れ行きから傾向を押さえているはずで、いくらゆらぎがあるとはいっても、ここまでニッチな本はふつうは入荷しないと思う。入荷しないんじゃないかな。俺は好きだが。

「そういう斬新な本を毎月必ず買っていく人がいるからじゃないかなー」

「そんなお客さんいるんですねえ」

にっと笑みを浮かべて見つめられる。

えっ、まさか、俺？

「ふふ。それより後輩君、今日はやたら熱心に仕事してるね」

「やたらって、そんな珍しそうに言わんでください。や、まあ、普通です」

「そう？」

「なにか、俺、変ですか」

「一心不乱に仕事に没頭している若者の尊い姿を見て、辛いことでもあったのかなって思っただけ、かな」

「達観した仙人みたいなこと言ってますね」

「仙人いいな。わたしは仙人になりたいよ。そうすれば下界の雑事にあれこれと悩まされなくて済むし。はあ」

そこでため息をつかれると、色々と気になってしまうんですが。

「先輩こそ、なにかあったんですか」

「気になる？」

「俺が気にして意味があるなら気にしますが」

「いい答えをするねー。そういうところが好きだなー」

「だからそういう勘違いしそうなことをですね」

そう言って、にんまりと笑みを浮かべるのだから、性質が悪いと思うのだ。

「今のところはだいじょうぶ。気にしてくれる後輩君がいるだけで救われるなー」

「そういうもんですかね」

「そういうもんだよぉ。だからさ」

「はい？」

「かわいい妹ちゃんも、ちゃんと気にしてやるんだよ？」

「うぇ⁉」

「怒らせたら、甘いものでも買って帰ってあげてさ」

「お、怒らせてはいないですよ」

まだ。

「じゃあ、なにをしたの？」

「なにもしてませんってば」

「じゃあ、ナニをしたの？」

「会話の中で自然にカタカナの発音に変えるの器用すぎませんか？　というか、そういう下ネタはやめましょうよ……」

「あはは。まあ、感情は無かったことにできないからねー。小出しにしていかないと後で爆発するもんだよ？」

う、と返しに詰まる。

何も言えないでいるうちにじゃあねと仕事に戻っていき、後には読売(よみうり)先輩のにやにや顔だけが残った。

「あの人はまったく……」

　ぼやきつつ棚に向き直って、整理を再開する。

　そういった単純作業の合間にも、書店員は常に臨機応変な対応を求められる。こうして店のユニフォームを身に纏っている限り、困りごとを抱えたお客様からの絶え間ないヘルプが飛んでくるのだ。

　圧倒的に多いのは本の在り処を訊いてくる客だ。

　それも検索サービスで探せないような。つまり、出版社もわからなければ作者もわからず、ジャンルも題名も曖昧な、こういう本はどこにありますか、みたいなやつ。

　シリーズ物で殺人事件が起こります——と言われてもな。

　ここまで曖昧だと、現状ではどんな検索サービスでも探すのは不可能だろう。見つからないというよりも見つかりすぎる。もうちょっとこう……あるだろう、ヒントが。

　猫が事件を解決します。猫が？

　読売先輩に訊いたらすぐに客を案内してくれた。先輩、ミステリ好きだって言ってたからな。

「これ有名だよ？　知らないほうが珍しいかも」

「そうなんですか」

　ミステリは守備範囲外だった。

「犬だったかも、と言われたら迷ったけどね」

「まさか、そっちもあるんですか」

「あるんだよ、これが」

あるのか。すごいな、ミステリ作家。

他にも新刊の予約の受付だとか、雑誌を買ったら付録が付いてなかったという苦情への対応だとか。親とはぐれて泣いている迷子の世話だとか。書店員の仕事は多種多様だった。

そういった合間に突っ込まれる突発の仕事を捌(さば)きつつ棚の整理に手を動かす。ふと気づくと、俺は今日のぶんを終えていた。時間も頃合いで、俺は先輩に声をかけてからバイトをあがることにする。

店を出た。雨が止(や)み、晴れあがった空、ビルの谷間から丸い月が見えた。

月の見え方は季節によって変わる。太陽が高く昇る夏は満月は低く昇り、冬は逆だ。今は夏至の前だから、満月はあまり高くまでは昇らない。ビルとビルに挟まれて満月は窮屈そうに見えた。

空気はまだわずかに湿り気を帯びていたが、通りを吹き抜ける風が気持ちいい。

歩いていると、尻のポケットに突っ込んでおいたスマホが震える。

取り出して見れば、待機画面にＬＩＮＥの通知がプレビューで一行だけ表示されていた。

わずかな時間で消えてしまったが、スワイプして見直さなくてもわかる。綾瀬(あやせ)さんからだ。彼女からの初メッセージ。

【やっぱ見てたよね】


最悪の一文目であった。もう何が書いてあるか予想できてしまう。

おそるおそる待機画面から復帰させてアプリを起動させ、メッセージを読む。

内容は要約すればこういうことだった。

挙動不審な俺の行動から部屋の前で何をしていたのかを考え、やはり室内に干していた下着を観察していたのではないかと疑っているらしい。下着はハンカチのようなものと思っているが、羞恥すべき対象だと考えてる俺がそれを見ていた意味について確認したい……とのこと。

これから起こるであろう検察側からの尋問の前に、せめてもの釈明のメッセージを送りながら俺は家に帰った。

玄関の靴の並びを見て俺は多少の安堵感を得る。幸いなことに、両親はまだどちらも帰っていない。

顔をあげれば仁王立ちしている綾瀬さんと目が合った。

「ただいま、綾瀬さん」

「おかえり、浅村くん」

言っている台詞は同じなのに、ものすごく冷たく耳に響くのは何なんだろうな。

「そのまま玄関先で固まってても仕方ないでしょ」

「あ、うん……」

いちおうの言い訳はしてあるが、果たしてどこまで信じてもらえたのやら……。

「先に部屋に行ってて」

「え？　どっちの？」

「まだ私の部屋に興味ある？」

「俺の部屋で待ってます。はい」

こういうときには下手に逆らわないほうがいい、たぶん。

俺は自分の部屋に行って、鞄を置き、床に正座をして綾瀬さんを待った。

「なんで、そんなとこで座ってるの？」

「ええと。いやとくに意味はないけど」

土下座しやすいからです、とは言えなかった。五体投地したくらいで許してもらえるのかどうかはわからない。

「ほら」

声に顔をあげると、目の前に湯気の立つマグカップがあった。

「へ？」

「ココア、嫌い？　だったら引き取るけど」

「あ、いや、嫌いじゃ……ない」

言いながらカップを受け取る。

珈琲のほうが好みだが、冷たい雨の中を帰ってきた身としてはこういう温かい飲み物は純粋に嬉し――。

えっ、まさかあれで？

上目遣いに綾瀬さんの顔を見上げたら、やっぱりまだ目が怒っていた。

「それで……ココに書いてあったことなんだけど」

「あ、うん」

「偶然、部屋のドアが半分開いていて、中の様子に目が奪われた。そしたら私に声をかけられたので、とっさに逃げてしまった、と」

「そうなんだ」

「盗みに入ろうとした瞬間だと思われる、と思った？」

「まあ……そう、かな」

「妹のものなのに？」

「それは確かにそうなんだけど……」

ぐっと言葉に詰まる。反論できない。これが実の妹や母のものだったならば、恥ずかしさはあっても、そこまで気にしたかといえば……。しかし、仕方ないじゃないか。

綾瀬さんとはまだ兄妹になってたった五日目なのだ。そんな言い訳が頭をよぎった瞬間に、なぜか彼女のほうが表情を歪めた。

「ごめん、今のはアンフェアだった」

「えっ」

「私たちは法律上は確かに兄妹だけど、だからといって、法律で定まった瞬間に兄のように振る舞わなければならない――脳の中まで。なんていうのは、浅村くんを人間として見てない」

「……言ってることはわかる」

高校生である俺たちがひとつ屋根の下で過ごせているのは、俺と綾瀬さんが少なくとも行動の上では兄妹として振る舞うと、家族で共有できているからだ。

俺たちは兄妹として振る舞うと期待されていて、信頼されている。だからこそ裏切るわけにはいかないし、裏切るつもりもない。それで親父や亜季子さんを困らせるなんてできない。

けれど、だからといって十六年を共にしてきた兄妹のように全部が全部、振る舞えるものではない。人間の思考はコードを書き換えれば済むプログラムじゃない。

一週間前まで他人だったのも真実だと。綾瀬さんは、それを自分が理解する必要があると言っている。どこまでもフェアであろうとする人だった。

「でも、これでおあいこ。貸し借りなしで、どう？」

「おあいこ？」

「下着に目を奪われてしまったのも、一種の反射的行動だと思う。朝は私が反射的行動を取ってしまった。今度は浅村くんがそれをやってしまった。だから、おあいこ。浅村くんが反射的行動を見直して修正できない人間だとは思わないしね」

「それは嬉しいね」

「ところで」

ん？

「私の下着は視線を奪われるほど魅力的だった、と」

「そこまでは言ってない」

「じゃあ、魅力なし……と。へーえ」

「……俺、もしかして、からかわれてる？」

「さあ、どうだろうね。でも、不穏な空気をそのままにしておけないでしょ？」

「そう、だな」

「私の下着を持っていきたくなるような気分は、ないわけじゃないんだね？」

「ぐ。まあ、素直にそういう欲望がないかと言えばウソになる、かな。でもだからって、何もやらないけどね？」

「ふーん。欲望はあるんだ」

「無ければ無いで困るもんだし。欲望があることと、欲望のままに行動することは違う」

わりと真剣な表情を頑張って保ったまま綾瀬さんの顔を見る。

「ふう。そうね、からかってごめん。お互いに、この話はここまでにしましょう」

「ありがたいです……」

素直に感謝しつつ、俺は綾瀬さんの対応に実は内心で舌を巻いていた。

抱いた感情は無かったことにはできない。たとえそれが誤解だったとしても。

俺が下着を見ていた事実に怒ってしまったという感情は消えないのだ。

それを感情のままにぶつけるのではなく、私は怒っていますと伝えたうえで、綾瀬さんは冷静さを忘れなかった。

まったくたいしたアンガーコントロールだ。

すり合わせ、か。俺はまだまだだな……。

「まあでもよかった」

「ん？」

「下着のデザイン、変だと思われなくて。変な感想言われたら、そのまま捨てたくなるところだった」

「……何か俺、綾瀬さんがどんな性格かなんとなくわかってきたかも」

「そう？」

「まあ、ちょっとは」

そう言うと、綾瀬さんは今度はわずかに微笑んだ。

●6月12日（金曜日）

朝から綾瀬さんに避けられている。

避けられているのだと思う。理由はわからない。

今朝は、俺が食卓に着く前に、綾瀬さんはさっさと家を出てしまっていた。

ひと言も交わさずに。

訳がわからない。昨日の夜の最後の微笑みが記憶をよぎる。確かにあの瞬間、俺は彼女と今までにないくらい近づいたと思ったのに。

考えたって、わかるわけがない。

雨が降ればまた一緒に通学もできたろうし、その間に綾瀬さんと話もできただろうけれど、そういうときに限って天気は裏切ってくれる。

晴れてしまった。

自転車を漕ぎながら俺は六月十二日の空を見上げた。悔しいくらいに青い。

いわゆる皐月晴だ。

ちなみに旧暦の皐月というのは、今の新暦では、だいたい五月の終わりから七月の上旬にかけてにあたる。つまり皐月のほとんどは五月ではなく六月。

ということは、旧暦では梅雨の季節であり、したがって皐月晴れというのは梅雨の合い間の晴れ間を指す。

まあ、ネットを調べればすぐにわかる知識だけどな。こういうことでも考えてないと、綾瀬さんのことばかり考えてしまうから。

学校までの通学路を走り抜ける。

並木道に並ぶ木々には、まだ昨夜の雨の名残りが残っている。梢の葉の上に溜まった雫が時折零れ落ちてきて、風に吹かれて走る顔にあたる。

かすかな雫の冷たさが寝ぼけた俺の頭をリセットしてくれた。

もしかして昨日の下着事件をまだ怒ってるのかも。

しばらく考えてそうではないと結論が出た。彼女の性格を推し測るならば、怒っているときにはそう伝えてくるだろうと。

悩んでいるうちに学校に着いていた。

空を見上げる。雲ひとつなかった。

たしか、二時限目には体育があったよな……。もちろん本日も球技大会の練習だ。場所も前回と同じテニスコート。綾瀬さんたちのクラスと一緒のはずだった。

一時限目は現国だったが、まったく集中できず、どんな授業だったかほとんど覚えていない。そして二時限目になり、テニスコートに赴いた俺は、女子たちのほうをさりげなく観察する。

「せぇぇぇぇぇいりゃあっ！」

今日も奈良坂さんは絶好調だ。

打ったボールも絶好調で、隣のコートまで飛んでいった。

「ちょっと、まあやぁあああ！」

「おお。ほーむらん！」

「ばかぁ！」

テニスは野球ではないはずだけどな。

楽しそうに練習に励む女子たちの中に綾瀬さんはいなかった。

綾瀬さんはといえば、ふたたびコートの片隅で金網に背中を預けイヤホンを耳につけてひとりきり。ただ前に見たときのように虚空を見つめるでもなく、何事かを一心に考えているかのよう。

うつむいて目を瞑（つぶ）っている。やはり気になった。

授業の終わりに、ふらりと俺のほうへと寄ってきた奈良坂さんが、ささやくような声で言う。

「ねぇ、お兄ちゃん」

いや学校でまでそれ言いますか。

さすがに突っ込みを入れようとしたら不意打ちがきた。

「沙季（さき）、なんかあった？」

一瞬、虚を突かれて返す言葉を失う。つまり、奈良坂さんから見ても、今日の綾瀬さんはなにかいつもと違うってことが明かされてしまったわけだ。

「や、俺のほうからはなんとも」

「そか」

うーんと腕を組みながら校舎のほうへ。待っていた女子たちがちらちらと俺のほうを見ていたけれど、君たちが想像しているようなことは何もないからね？

「おい、浅村」

「ん？　ああ、丸か」

振り返れば親友の丸友和が立っていた。

「なんだその気の無い返事は」

「練習に疲れたんだよ」

「息も切れてないし、服に汚れのひとつも付いとらんのにか？」

「よく見てるね」

そういう丸のほうは、今日はちゃんとソフトボールの時間だったようだ。ずいぶんと気合の入った練習をしたようで、全身が泥だらけだった。

「なんだ？　じろじろ見て。俺の体が欲しくなったか？」

「洗濯が大変そうだな、って思っただけだって」

「ふむ、そうか。浅村になら一万出せば買われてやらんこともないのだが」

買われ――って。

「な、なに言ってんだよ！」

「肉体労働の日当としてはそんなもんだろう。屋根の雨漏り対策から、犬小屋の作成までひととおりやってきているからな。アルバイト料としては妥当だと思うが」

「……あ、そういう」

「浅村よ、何を考えた」

そんなこと言えるか。

「生憎、うちはマンションの三階だから雨漏りはないし、犬小屋も作る予定はないからね。そもそも犬飼ってないしさ」

「そうか。残念だ。てっとり早く稼ぐには良いと思ったんだが」

「前と言ってることが変わってない？」

社会の仕組み、商売の仕組みを知ってるかどうかが稼ぐためには必要だったんじゃなかったのかよ。

「落ち着け、浅村。俺は『てっとり早く』と言ったはずだ。誕生日が近いからな」

「誰の？」

あ、黙った。

「つまり、誰かの誕生日プレゼントを買うために、まとまった金が欲しいんだね？」

「急がんと次の授業に間に合わんぞ、浅村」

そう言ってさっさと背中を向けて先に歩いていった。

けどそうか。丸にも誕生日プレゼントを贈るような誰かがいるわけか。

丸にねえ。

結局、学校にいる間は、綾瀬さんと話をする機会は訪れなかった。

LINEで問い合わせてもみた。

【元気ないけど、なにかあった？】

【なにも】

スタンプひとつ付いてくるでもなく（もともと綾瀬さんはスタンプを使わなそうな人だけど）、そっけない返事に距離を感じてしまう。

終業後は、自転車でそのままバイト先へ。

いつものように読売先輩に微妙にからかわれつつも、なんとか仕事を終えると、俺はふたたび自転車を飛ばして家に戻った。

玄関の扉を開ける。味噌汁の良い匂いがキッチンのほうから漂ってきて俺の鼻をくすぐった。綾瀬さん、帰ってるんだな。

「ただいま」

声を奥に向かって発しながら廊下を進む。

「おかえりなさい……食事、できてるから」

やはり微妙な温度差があるような。ないような。考えすぎだろうか。

「今日はお刺身？」

テーブルの上に置かれた青い皿には白い大根のつまが敷かれ、その上に厚く切った魚の赤身がきれいに並べられていた。おそらくカツオだ。

「うん。たたき」

「新鮮でおいしそうだね」

今晩は純和食らしい。味噌汁は半月の形に切ったジャガイモにワカメを散らしたやつだった。温めたイモって体があったまるんだよな。梅雨寒の今の時期にはぴったりだ。小鉢にはぬか漬けのキュウリとたくあんが少々。我が家にはぬか床なんてないから、これはすでに漬かっているのを買ってきたものだった。

綾瀬さんが食卓に並べている間に、俺はテーブルを拭いて湯を沸かし、淹れたての熱いお茶を急須からそれぞれの湯呑み茶碗に注いだ。

「いただきます！」

まずは味噌汁からだ。

表面を軽く箸でさらって味噌を混ぜ、持ち上げた椀を口許に寄せる。鼻先に味噌の香りが漂う中、押し寄せてくる具を箸の先でそっと押さえて汁をすする。

「ああ。やっぱり、綾瀬さんの味噌汁は美味しい」

「……そう？」

「なんていうか。ちゃんと出汁が出ててさ。それに味噌の味がする」

「味噌汁なんだからあたりまえでしょ」

あきれた口調で言うのだけれど。

「そうでもないよ」

俺だって今までまったく料理をしてこなかったわけじゃない。

けれど、こんなふうに美味しい味噌汁は作れなかった。自分で作るとなぜか味噌汁っぽい何かにしかならなかったのだ。

理由を知ったのは、俺が料理をやめて随分経ってからで、たまたま読んだ本に書いてあった。味噌を混ぜてから沸騰させてた。そんなことをすると香りが飛んでしまう。

味噌の香りは主に発酵によるアルコール由来らしい。そりゃ、沸騰したら飛ぶ。わかってみれば科学だった。なるほどだ。

もしかしたら、そういうことをもっと早く知っていたら、俺も料理に興味が持てたのかもしれないが……。

「さて、じゃ、本日のメインディッシュを」

「おおげさ」

「いやでも、これマジでうまそうだって」

すこし厚めに切ったカツオの上に刻んだ生姜を乗せ、それを箸で摘んで小皿の醤油につけた。まずはそのままひと口。口の中で噛む。すこし弾力のある身の肉は、噛みしめるとじゅわっと味が舌の上で広がった。うまい。

「うまい」

次はご飯に乗せて一緒に食べてみるか。

「うまい。綾瀬さん、料理うまいね」

「あのね……。それ私、切っただけだから。まあ、ありがと。たまたまタイムセールで安かったから……」

「へえ。わざわざセールを狙って買ってきたんだ」

「ちょっとでも節約したいし」

そういえば綾瀬さんが料理をしてくれるとなって、食材にかかる費用を親父たちから渡されていたはず。安売りを狙えばそれだけ手元にお金が残るわけか。

ふと、俺は前から気になっていたことを訊ねてみる気になった。後から考えてみると、それがどうやら引き金になってしまったっぽいんだけど。

「どうしてそんなにお金が必要なの？」

俺の問いかけに綾瀬さんの箸が止まる。

カツオのたたきの上を行ったり来たりの迷い箸。これは何を食べるか迷っているわけじゃない。

行儀悪いぞ、なんて言うつもりはなかった。これは何を食べるか迷っているわけじゃないだろうから。俺は彼女が自然に口を開くまで待った。

「前にも言ったと思うんだけど。他人の目とか他人の期待とか。そういうめんどくさい色々から解放されるには、独りで生きていけるだけの力が必要なの」

「金が力ってわけか」

「ちがう？」

「いや……まあ、間違ってはいないと思うよ」

金がないと色々なことが自由にならないことも事実だから。とはいえ、お金がすべてなんて言うつもりもない。それが近視眼的すぎることは俺にだってわかる。

「でも、なかなかお金って稼げないんだよね」

はあとため息。

うつむいた動作に合わせて長い髪が制服の上に着けた白いエプロンの肩口から前へと垂れる。箸を置いて、髪を背中へと戻す所作までが物憂げだった。

「高額バイト、探してるんだけどね……」

「すぐに見つかるとは思ってなかったし」

そう綾瀬（あやせ）さんは言ったのだけど、それだと一方的に炊事を押しつけていることになっちゃうからさ。俺も心苦しいんだよ。

「もっと手伝ったほうがいいなら言ってほしい。あるいは料理、手を抜いていいから」

「抜いてるよ」

「朝は三十分。夜は一時間で終えるようにしてること？」

俺の指摘に綾瀬さんははっとした顔になる。

「気づいてたの」

「そりゃ」

気づくさ。綾瀬さんは料理を作っている間、時計をいつもちらちら見ている。あれは煮炊きの時間を計ってるとかじゃない。

そもそも勉強時間が削られそうという理由で、高額バイトの情報集めを渋っていたくらい時間を惜しむ人なんだから。

「まあだから、たとえレシピを知っていたとしても、今以上の時間を費やして食事を用意する気はないの。これって、充分な手抜きでしょ」

まるで、私って悪い女でしょ、みたいな表情をわざと作っているのだけれど。

「そうでもないよ」

俺がそう言うと、綾瀬さんの顔つきは意外そうな表情へと変わる。

「どうして？」

「だって、スキルは繰り返せば上達するだろ？　ということは単位時間あたりにできる作業は増える可能性があるし、質は向上する可能性がある」

「……それで？」

「同じ一時間を費やしても、より上等な……つまり、美味しい料理ができてしまえる可能性がある。付加価値が上がるわけだ。その場合は、交換する俺のほうの付加価値も上げる必要がある。でないと不公平だ」

「そんなこと」

「あるさ。俺は綾瀬さんに今のところ何も与えられてない。このままでは早晩、釣り合わなくなりそうだと思ってる」

「そんなこと言ってたら、世の中の家事はぜんぶ同じじゃないの。毎日毎日どんどん価値が上がっていくことなっちゃう」

「ぜんぶ同じなんだよ」

炊事だけじゃない。洗濯も掃除も裁縫もだ。

あらゆる「仕事」は、ある程度までは数をこなせば上達する。だから仕事の多くは勤続年数に応じてそれなりに給料が上がる。これは老化によって仕事の量や質が低下するまで続く。それは家事労働だって本質的には同じなのだ。

「私のお母さんはずっと私のために何年も料理を作ってくれたけど、増えるどころか、そもそも一円ももらえてないと思う」

「価値は交換するまで表面化しないんだよ。家事労働の価値はそれをアウトソーシングするまで気づかない。同じ作業を人を雇って解決しようとした途端に、それがどれだけの価値を持つか明らかになる。そこが厄介なんだ」

ここ最近の俺の読書が「労働とは」とか「お金を稼ぐとは」なんて本ばかりだったせいで、なんだか小難しい話がぽんぽん口をついて出る。自分が頭がよくなったと錯覚してしまいそうだ。実際は受け売りなんだけど。

「俺と綾瀬さんは、炊事と高額バイト斡旋情報を交換しているだろ？　こうなって初めて綾瀬さんの炊事には値段が付く。俺はそれと交換できる同じ価値のものを提供しなくちゃいけない」

綾瀬さんは黙った。なにか考えているっぽい。

言ってしまった手前、もう引けないけれど、実はこれにはあまり好ましくないが簡単な解決策がある。俺はそれを口にしようとした――。

「……ご飯が冷めちゃうから、食べちゃいましょ。あと、お風呂ももう沸いてるし」

「あ、ああ」

俺は言い出し損ねて、黙々と箸を動かすことになった。

食べている間中、綾瀬さんは何事かを考えているようで、ずっとうつむいていて視線を合わせようとしなかった。


先に風呂をいただいて、例によって湯を抜き取って張り直す。

着替えてから、俺は寝室のベッドで、ごろりと転がって本を読んでいた。

学校の課題も出ていないわけじゃないが、まだ焦る段階じゃない。土曜も日曜もある。買ってきた本を読み進めるくらいは……。

この前、バイト中に見つけた、表紙一杯に美少女が敷き詰められたラノベ。

……キワモノかと思ったけど、なかなかおもしろいなこの本……。

……にしても、クラスメイト全員と付き合うって……って……

ばさり、と顔に本が落ちてきた。

「うぉっ！」

リアルに声を出して驚いた。心臓がドキドキしている。

「あー……、寝たほうがいいかな、これは」

どうやらかなり疲れが溜まっているようだ。

時計を見ると、まださほど遅い時間ではない。いつもなら親父は帰ってきている頃だが、誰かが帰宅したような気配はなかった。金曜だから断り切れない飲み会にでも誘われたか。終電前にはなにがなんでも帰ってくるはずだけど。

ぱちり、と音がして、いきなり部屋が暗くなった。

もういちど同じ音。明かりがナイトモードに切り替わる。橙色のわずかな明かりの中で扉が細く開いて闇に光の線を差し込んだ。それから静かに閉まる。誰かが入ってきた。まあ、誰かって言っても綾瀬さん以外にはいないんだけど。いたら泥棒だ。

俺の部屋に何の用だ？ しかも電気まで消したりして。

もしかして眠気が限界で、自分の部屋と間違えてるんだろうか？

ここ、俺の部屋だよ。と声を上げようとして、その言葉をごくりと呑み込んだ。

「浅村くん、起きてるよね？」

言いながら近づいてきた綾瀬さんから甘いボディソープの香りが漂ってくる。

けれど、俺が息を呑み込んだのは綾瀬さんが湯上がりだったからではない。

それだけなら、もう何回か見ている。

風呂は最後に。

就寝も最後に。

そう綾瀬さんは決めていたけれど、だからといってまったく顔を合わせないなんて不可能だ。たとえば夜中に目が覚めてしまい、コップ一杯の水を飲みにキッチンに行ってナイトウェア姿の彼女と鉢合わせる、なんてこともあったわけで……それはそれで高校生男子には刺激的だったけれど。けれども、近づいてくる綾瀬さんはそんなレベルではなかった。

しゅるりと衣擦れの音。ぱさりと床に落ちる布の音。あきらかに、身に着けてるものを脱ぎ捨てている気配。

扉の向こうの明かりは完全に遮断されてしまっているから、薄暮のような淡い視界だった。色も判然としないのに、綾瀬さんの体の輪郭だけは、妙にくっきりと脳に刻まれてしまう。

くびれたウエストから丸みを帯びて膨らむ腰までの起伏も、肩から伸びるすらりとした腕も鮮やかに。それは体の輪郭を隠す膨らんだナイトウェア姿ではありえないもので。

つまり綾瀬さんは下着だけの姿だった。

歩いてくるたびに左右に揺れる腰の動きに目が吸い寄せられてしまった。

「ねえ、浅村くん。話があるんだけど」

綾瀬さんはベッドまであと一歩の距離まで近づくと、そこでいったん躊躇うように足を止める。

「話って……」

俺は口の中がからからに乾いて声が掠れていた。

綾瀬さんは最後の一歩を踏み出すと、俺の脇に両手をついて、屈むようにして俺を覗き込み、視線を合わせる。

「私のカラダって、買えそう？」

吐息のかかりそうな距離で言われた。

淡いシーリングライトに逆光となった綾瀬さんの顔が見える。

「は……？」

一瞬、頭がまっしろになる。

なんだ、いったい、綾瀬さんはなにを言った？

伏せた綾瀬さんの表情は淡い照明の中に沈んで良く見えない。語尾を震わせるようにして、「ねぇ、どうなの？」と言った。

「ど……どういうこと？」

「言葉通りの意味よ。体を買えるかって聞いたの。つまりその、金銭と交換できるかっていうことね」

「……」

「この前の件で、その、私の体って、あなたから見て欲望を誘発できるような素材であることはわかってるし、別にその……最後までとかじゃなくてもいいよ？　つまり使える

かってこと」

「おいおいおい……」

「だって。合理的に考えていったら、ここに行き着いたの」

合理的ってなんだっけ？

「考えて」

「あ、はい」

理性が黄泉平坂まで逃亡しそうだった俺はなんとか意識を立て直した。

「私たち、もう高校生でしょう」

「……そうだね」

「だから、ほら。ひとりじゃないとできない気まずい行為もあるでしょう？」

ひとりじゃないとできない気まずい行為。

第二次性徴を迎えた男女ならではのっていうことだよな？

まあ、あるかな。いや否定しても仕方ない。はい。ありますとも。俺は別に聖人君子じゃない。ふつうの高校生男子なんだから。隠しても仕方ないが、同年代の女子とそんな話をするとは思わなかった。

「この先、ひとつ屋根の下にいれば、偶然にもそういう場面に遭遇してしまう過ちもあるかもしれない」

「考えたくない偶然だけどね」

「でも、私は考えたの。それは予想外だから困るのであって、最初から互いに了解の上で定期的に一緒に済ませてしまえばお互いにメリットあるんじゃない？」

「どこからその発想がでてきたんだ……」

「浅村くんは私の料理を高く評価してくれているみたいだけど……」

　いきなり話題が変わったように思えて俺は戸惑った。夕食のときの話かとようやっと思い至る。

「……あのとき思ったの。それなら料理代を浅村くんに請求すれば、私にはたいした苦労もなくお金が得られる」

「そう、だな」

　それは俺も考えていた。あのとき、あまり好ましくない簡単な解決策と考えていたことにどうやら綾瀬さんもたどり着いたようだった。

「高額……ではないけれど、私の払うコストは最小限で済む」

「いい話に思えるね」

　だが、綾瀬さんは首を横に振った。

「私にはそれがお金をもらえるほどのことに思えなくて。つまり、私から見てテイクが大きすぎる。でも正直、お金は欲しい。それで、自分に提供できる、お金になることは何かを考えたの」

「つまり、リスクの少ない高額バイトを突き詰めたら、身内相手に夜の仕事をすることを思いついた、と?」

こくりと頷かれた。

走っちゃいけない方向に思考が暴走してる。

「それは……実際にやったら、ちょっとは気まずさが残るかもしれないけど、知らない人相手にすることに比べたら浅村くんなら優しそうだし最後まで行ってもちゃんと避妊してくれそうだし」

知らない人を相手にすることまで考えたのか。

「ここまでやれば、高い金額を請求しても心が痛まないかな、って」

ぷつん、と頭の片隅で何かが切れる音がした。むくりと半身を起こして手を伸ばす。

彼女の肩がぴくんと跳ねた。

その素直な反応に、俺は罪悪感をくすぐられながらも鋼の意思をもって口を開く。

「それ、俺がいちばん嫌いなタイプの女だよ。綾瀬さん」

「えっ……」

悪口は嫌いだ。心を傷つけられるたぐいの言葉は、たとえどんな理由があっても浴びたくないし、自分の口からそれを発するのも吐き気がするほど不快だ。

でも今は言わなくちゃいけない。

綾瀬さんの、この暴走だけは、今ここでどんな手段を使ってでも止めなければいけない。

親父や亜季子さんの顔を思い出す。

元妻の裏切りに落ち込み、自暴自棄になる姿を実の息子に晒してきた親父が、あんなにも幸せそうな顔を見せたのはいつぶりだろうか？　背伸びなんてみっともない、鼻の下を伸ばして情けない、そんなふうにあきれながらも俺は、親父の幸せそうな顔にホッとしていたし、応援したいと思った。

亜季子さんにしても、どんな事情があったかは知らないが、前夫との間に何か問題があったからこそ離婚したんだろう。だけどそんな過去なんてすこしも感じさせないぐらい、幸せそうな顔をしていた。

綾瀬さんの今の行動、提案、その先に待っているのは、どう考えてもふたりの親の顔に、ふたたび不幸や失意の色を塗りたくる未来だ。さすがにちょっと、認められないな。

お互いに何も期待しないでいこう。

そのスタンスを俺たちは最初に確認し合い、ほどよい距離感を維持していこうとした。

だから俺のこれは、綾瀬さんならこんなことはしないと期待してしまっていたからこそ起きた感情で、ある意味、約束を破ったと言えるだろう。

だけど、初志貫徹の話をするなら、ぶれてしまっているのは綾瀬さんのほうだ。

「見た目の良さだけを武器にして稼いでる、って言われたくないんじゃなかったっけ？」

綾瀬さんがどうして女だからと侮られるのが嫌で自立したいのかは知らないけど、彼女が今やろうとしているのは、まさにその侮られる女像そのものじゃないか。

綾瀬さんの言うように、一種の需要と供給がかみ合ってしまうことがあるのは、きっと確かなんだろう。

そういえば、援助交際や夜職は刹那的な行動、目先の金が欲しいだけの馬鹿がやることと思われがちだけど、高学歴で一般的に頭が良いとされる女性にもやっている人間が多いと聞いたことがある。

綾瀬（あやせ）さんのように合理的な思考の果てにその結論に行き着いてしまうことも、珍しくないのかもしれない。

けれど、やはり安易にすぎる。それに、彼女自身の信念と矛盾する。

矛盾を矛盾のままにして他人に迷惑をかける人間は、残念ながら好きになれない。他人だったら無視するだけだけど、家族なら、兄だというなら、放置するわけにはいかない。

自分に掛けていたタオルケットで彼女の体が冷えないように包みながら、俺は続けた。

「そうじゃなくて、男だとか女だとか関係ない方法で見返してやらなくちゃ意味ないだろ」

「で、でも、これは私が男だったとしても可能な方法で。だから必ずしも女であることだけを武器に稼いでるってことには」

綾瀬さんが弟だったとしてもってことか？

一瞬、顔立ちそのままで少年体型の綾瀬さんが薄衣をまとってベッドで俺に流し目をしてくる映像が浮かんでしまって、それはそれで何か充分にいろいろ間違いを犯してしまいそうだなと思いかけ、そんな危うい自分の妄想を慌てて理性でかき消した。

「屁理屈（へりくつ）言わない」

「は、はい。ごめん、なさい」

　冷たい声音に圧されてなのか、しょぼんとうなだれる綾瀬さん。その姿に俺は言い知れぬ不安と、悔しさのようなものを感じた。彼女のことを知るようになって、彼女が噂とは真逆の人物だと知れたのに、噂通りの方向に転がり落ちそうになった。そういう危うさを持っている人なのだとわかってしまった。

　ほんとに。

　ほんとに、最初が俺でよかった……。

「まあ、わかってくれたのならいいけど。あと、俺は綾瀬さんの、その……対価なんてなくたって料理に金を払う気はあるよ。ただ、それ、問題もあるんだよ」

　俺が好ましくない解決策と考えている理由だ。

「問題……？」

　綾瀬さんが小首を傾げる。

「家庭内で金銭をやりとりしている限り家計の収入は増えない」

「……どういうこと？」

「俺たちの両親は忙しくておちおち買い物にも行けないからさ。高額な家具とか電化製品でもなければすぐに買えるように、小遣い以外に毎月いくらか渡されてるだろ」

「そう……ね」

「それに俺自身もバイトしてるからさ。払おうと思えば、俺は綾瀬さんの料理に金を出せらたとえば病気になってバイト代が得られなくなったら、その瞬間に、綾瀬さんの収入も止まるだろ。だからといって綾瀬さん、その日から料理をするのをやめられる？」

そう言ったら、綾瀬さんははっとなった。

「綾瀬さんの収入の源が家族に依存している段階で、正当な労働の評価としての稼ぎが得られるかどうかには不確かさが伴うんだ」

「そう、だね。そうだ。考えてなかった」

「もちろん、身内から払われることのメリットもあるけどさ。騙されにくいっていう。外に稼ぎに出れば安く買い叩かれないよう常に気をつけなくちゃいけないからね。でも、たとえそこまで高額ではなくとも、自分の労働を客観評価してくれる外部に対価を要求したほうがいいんじゃないかって思うよ」

綾瀬さんは黙った。

俺の言ったことを考えているのだろう。

「俺からのアドバイスは以上。高額バイト探しも続けるけどさ。こういうのはなし」

「はい。……ごめんなさい」

「うん」

俺はひと言で綾瀬さんの反省を受け入れた。ねちねちと嫌味たらしく説教を続ける趣味もない。

「ただ、もうちょっと会話が必要かもね」

「え？」

「正直、綾瀬さんがこんなことをするタイプと思わなかった」

「それは、まあ。私もだけど」

「今回の件は、綾瀬さんを正確に把握できてなかったから起きたことだと思うんだ。だから、もうちょっとだけ知りたくなった。綾瀬さんのこと」

「……そうだね。過去を話すのはあんまり好きじゃないんだけど、浅村くんには迷惑かけちゃったし」

綾瀬さんはしばらく目を瞑って考え込み、ひとつため息をついてから訥々と、ある思い出話を語り始めた。

それは彼女の子どもの頃の話だった。


綾瀬さんの実父は元は優秀な起業家だったという。

だが仲間の裏切りで会社を奪われてから人間不信になり、劣等感にも苛まれ、妻や娘から距離を置くようになってしまった。

「劣等感？」

「今から思うと、父は嫉妬していたのかもね。高卒の自分が身ひとつで成り上がるには水商売しかなかったのよってお母さんはよく言ってるけど、仕事先の同僚さんから評判を聞くと、その中でもとびきりの人気みたいで」

「亜季子さん、話上手だよね。明るいし」

「うん。……父は、私が小さい頃は優しい人だったように思うの。でも、会社で失敗してから変わってしまった」

家には次第に寄りつかないようになり、外に女を作って入り浸るようになった。綾瀬さんにも亜季子さんにも愛情を注ぐことはなくなってしまった。家にお金を入れることもなくなったから、亜季子さんは自分の稼ぎだけで綾瀬さんを養うしかなくなったのだけれど、それができてしまう彼女にますます父親は憎しみを募らせた。

妻を優秀と認めると自分のみじめさが加速するので、所詮は水商売であると貶めたり、男を作ってるのではないかと疑ったりしてしまっていた。

「だからといって、お母さんを苦労させて良いことにはならないと思うんだけどね」

それが綾瀬さんに侮られる女像を嫌わせる理由か……。

「そのとおりだな」

強い口調で思わず零れた本音に、綾瀬さんはふたたび顔をあげて俺を見つめた。

「浅村くん？」

「あ、いや、まあ。うちも似たようなもんだったからさ」

「浅村くんの家も？」

「ああ。親父ったら、一時期は女性恐怖症みたいになってたな。よくまあ再婚したもんだよ。亜季子さんのおかげかも」

「女性恐怖症？　お養父さんが？」

「まあね」

「そう……」

もしかして、あなたも？

小さく聞こえたが、俺は聞こえなかったふりをした。

ああ、だからお母さんと微妙に距離遠いんだ……と綾瀬さんはつぶやいた。どうやら、俺が亜季子さんとの距離感を掴みかねているのはバレていたらしい。

「私たち、似ているのね」

「そうかもね」

「ダメなところも含めて」

俺は思わず苦笑してしまった。否定できない。

「まあ、だからさ。そういうダメなところも含めて俺たちはうまくやっていけるんじゃないかな。兄と妹として」

「兄と妹……として？」

「ああ」

ふっと小さく笑みを零し、それから肩の荷が降りたとばかりに綾瀬さんは脱力した。

「これからもよろしく、浅村くん」

「よろしく。あ、じゃあよろしくついでにひとつ『兄さん』と呼んでくれても」

「それは嫌」

「ええ……」

残念だな、とも思う。けれども、まあ急ぐ必要もないかとも。俺たちはこれから長く兄妹をやっていくんだし。

「浅村くん。私、それ以上に進む気はないから」

綾瀬さんは、体に巻きつけていたタオルケットを脱ぎ、畳んでベッドの上に置いた。

顔をめいっぱい近づけてくる。

「い・や」

湯上がりの仄かに色めく唇がひらがなふたつを俺の顔にぶつけてきた。

わかった、わかったってば。

まあいいさ。

このきれいな、でもすこし危うい義妹との生活はまだ始まったばかりなのだから。

●6月13日（土曜日）

ダイニングのテーブルの上には白いクロス。

窓から差し込んでくる朝の光が、並べられた皿の縁に沿って描かれた銀の飾り模様を輝かせている。お皿の上にはまるで満月のように形を崩さずに焼かれた目玉焼き（めだまや）が中央にきれいに収まっていた。親父（おやじ）のぶんと、綾瀬さんのぶんと。

「ほら、ちょっと手をどけて」

綾瀬さんの言葉に俺はテーブルを拭いていた手を慌ててどけた。

「浅村くんはこっちね」

言いながら俺の前に、ことんと皿を置いた。青い皿の上に黄色いたまご焼きがまるでおしぼりのように上品に整った形で置かれていた。ちょいちょいと菜箸でつつくと、切れ目にそってずらりと倒れて食べやすいサイズに並ぶ。

「もしかして、出汁巻き卵（だしまきたまご）？」

「食べたそうにしてたし。まあ土曜だから時間余ってるからたまには。でも、できには期待しないで」

すこし照れたような口調で言う。

「嬉（うれ）しいよ」

「沙季（さき）ちゃんの手作りかあ。いいなあ。なあ、悠太（ゆうた）〜、お父さんにもすこし分けてくれないか」

親父(おやじ)が言って、綾瀬(あやせ)さんが謙遜する。

「そんな。うらやましがられるような、できじゃないです」

「いやいや、きれいにできてるじゃないか。おいしそうだよ。なあ、悠太(ゆうた)〜」

そう言いながら義理の娘の手料理をうらやましそうに見つめる親父の皿に、俺はいくつかおすそ分けしてやった。

まったく、親父の目の前の目玉焼(めだまや)きだって同じ手料理だろうに。

「ふわぁ……みんな早いのねぇ」

聞いたことのない眠たげな声に俺は振り返る。

亜季子(あきこ)さんがナイトウェアにガウンを羽織っただけの姿で眠そうに目を擦(こす)っていた。

髪もまだ梳(と)かしてないようで、ところどころ跳ねている。どこかのんびりとした印象を与える亜季子さんだけれど、その姿はどう見ても、のんびりというよりも、ゆるい、という感じ。

「いったいなん……じ」

視線をダイニングの時計に注いで、亜季子さんははっと目を瞠(みは)る。

「えっ、うそ……」

土曜なので朝食はいつもより一時間遅くしてあった。親父は出勤がないし、俺も綾瀬さんも学校がない。そしてこれは帰宅が遅くなりがちで寝不足がちの亜季子さんに対する配慮でもあった。

「まだ寝てていいんだよ、亜季子さん。昨日も遅かったでしょう」

「そんな、太一さん。ああ、沙季ちゃんもごめん。ひとりでやらせちゃって」

「いいの。それより、お母さん……そのかっこ、浅村くんには刺激が強すぎるし、お養父さんには残念すぎる」

「えっ……」

改めて視線を自分の体に落として亜季子さんはきゃあと言った。

ぱたぱたと寝室に向かって走っていった。

「あ、亜季子さん！　まってまって、ちょっと話が」

親父が慌てて追いかける。

「やれやれ」

「はあ。いい加減、被っていた猫が脱げかけてるなー、あれは」

「そうなの？」

「一週間もったんだから褒めてあげて」

そうだね、と言ってしまっていいものなんだろうか。

「いちおうあの人の名誉のために言っておくけど。だらしないのは寝起きだけだから」

なるほど。まあ、俺だってそこまで朝は得意じゃない。

「遮光カーテンのおかげかな」

「そうかもね」

昨日にはもう新しいカーテンが届いていた。遮光だけでなく、防音効果もあるし断熱効果もあるやつ。夏は涼しく冬は暖かい。これで睡眠が不足しがちな亜季子さんの健康を守れるなら安いものだよと親父は言った。

チンと音がして、綾瀬さんはオーブントースターに向き直る。トーストを二枚、つまみ出して皿に乗せる。

「もっと欲しかったら言って」

「や、充分」

今日はご飯ではなくてトーストらしい。親父のぶんを放り込んでふたたびタイマーをかけた。戻ってくるまでには焼けているだろう。

「出汁巻き卵にトーストは変だけど」

「変じゃないよ、綾瀬さん」

言外の意味はわざわざありがとう、だ。

これに、深皿に盛りつけたサラダとコンソメのスープがつくのだ。朝食としては充分だろう。味噌汁でないのは残念だが。なるほど、その時間を出汁巻き卵にまわしたか。

いただきますと手を合わせて、さっそく卵を箸でつまむ。

「おお、うまい！」

「おおげさ」

「そんなことないよ。亜季子さんのもおいしかったけど、これも同じくらいおいしい」

「そう？」

「ああ」

「まあ。だったら、また作ってあげる」

「時間の余るときでいいよ」

「時間の余るときにするから」

同じ意味の言葉を同じタイミングで言ってしまい、思わずふたりして言葉に詰まる。

しばらく無言で朝食をつつくことになった。

親父たち遅いな。食べ終わっちまうぞ。

「そうか、もう一週間か」

「なに？」

「さっき、言ってただろ？　綾瀬さんと亜季子さんがこの家に来たのが日曜日だから、明日で丸々一週間になるんだなって」

「だから？　一週間祝いでもする？」

「まあ……それもいいかな」

「マジ？」

信じられないなに考えてんの、という目で見られて俺はつい笑ってしまった。

「親父が気づいたら、やろうって言い出すと思うよ」

「あー……」

「親父、元々はそういうの好きだし。でも、それよりふたりきりにさせてやったほうがいいかもな」

再婚同士だから、とか言って、親父も亜季子さんも、式も無し、ふたりきりでの旅行も行っていない。

「あ。それはそれでありかな」

「だろ」

「なになに、なにを楽しそうに話してるんだい、沙季ちゃん、悠太」

親父と亜季子さんが戻ってきた。

「なんでもないって。大した話じゃないよ」

親父には後で亜季子さんを夕食にでも連れ出すように言っておこう。

ちょうどのタイミングで焼けたトーストを皿に乗せて綾瀬さんが親父の前に置く。

「沙季、わたしは――」

「一枚でいい、でしょ」

わかってますと綾瀬さんは亜季子さんに言った。

八枚切りの食パン二枚をトースターへと放り込んでタイマーを回した。

ということは最後の一枚は自分のぶんなのだろう。ギブ&テイクでギブは多めに。自分のぶんは最後か。なるほど徹底している。

「綾瀬さんも一枚？」

「朝からそんなに入らないからね」

「覚えておくよ」

「ありがとう」

すり合わせは大事だ。

「ふたりとも仲良くなったのねえ」

「すっかり兄妹だね」

「うれしいわ」

親父と亜季子さんが目を細める。

そう見えるのなら幸いだ。昨夜はもうすこしで破綻しかけたけどな。

遅めの朝食が終わる頃には窓の外から注ぐ日差しはだいぶ強いものとなっていた。

白い雲が青色の空から浮き上がるようにくっきり見えて、ああ、もうすぐ夏だなと感じる。

気温も上がってきた。エアコンのスイッチを入れるほどではなかったから窓を開ける。

梅雨の合間の束の間の晴れの日。

窓から入ってきた風が、家族となった俺たち四人の間に、かぐわしい外の緑の匂いを運んできて通り過ぎていった。

●エピローグ　綾瀬沙季の日記

6月7日（日曜日）

ホッとした、というのが本音。

わるいひとではないというのは顔合わせのときにわかっていた。

気を配れるひとだな、というのも。

後に入る私のためにわざわざ湯を張り直してくれるようなひと。


まさか水星だとは思わなかったな。

6月8日（月曜日）

浅村くんに学校で話しかけられる。

想像以上に浅村くんはフラットなひとだ。

私の噂を信じ込んでいたのはどうかと思うけど、仕方ないかもとも思う。自分がどう見られているか知ってるしね。

でも、怒って。

怒っていることを認めてくれて。

そこでめんどくさがらずに、すり合わせてくれたひとは初めて、かも。

6月9日（火曜日）

メモ：浅村くんは目玉焼き(めだまや)は醤油(しょうゆ)。

今日から炊事をする。

浅村くんに高額バイトを探してもらっているのだから、これくらいは私が受け持つべきだろう。

バイト先は見つけられなかった、とすまなそうに言ってくれたけれど、私だってそんなに簡単に見つかると思ってないよ。


上手に他人に頼ること、か。

それができたら……ね。

6月10日（水曜日）

うう、恥ずかしい。
まさか聞かれちゃうなんて。
努力してるとこ、かっこ悪いから見られたくないんだけどなぁ。
真綾が新しい家に遊びにきた。相変わらず騒がしくてウザかった。
三人で遊んで、いっぱい笑って。こんなに笑ったのはいつぶりだろう。
LINEの交換もした。
浅村くん、アイコンが風景写真っていうのも、らしいね。

傘、ありがと。

6月11日（木曜日）

とりあえず下着を部屋干しするときはドアの状態に気をつけよう。そうしよう。
下着なんてただの布きれなのに、それに目を奪われるとか、浅村くん……。
幸い、犯罪を犯す気はなかったみたいだけど。
でも……。

しないって言ってた。欲望を持つことと、それを行動に移すかどうかは別問題だって。
まったくもって私も同感だ。
浅村くんの意見を聞くと、いつもいちいち私の共感できることばかりだと気づかされる。
だからこんなに楽なんだろう。

浅村くんは危険だ。

私を、わかってくれすぎる。

6月12日（金曜日）

浅村くんに初めて怒られた。

流れであいつのことまで話してしまった。思い出したくもなかったのに。それと、浅村くんにも私とおなじような過去がありそうだ。聞けなかったけど。
たくさん話したけど、言えなかったこともある。

体を買ってもらおうとするほど、私は浅村くんに借りを作るのが怖かったのだ。

6月13日（土曜日）

夜は浅村くんとふたりきりで夕食だった。

お母さんとお養父さんをディナーに送り出すことに成功したから。

言い出したのは浅村くんで、彼はほんとうに細やかな気遣いをするひとだ。


だからこそ、彼を「兄さん」と呼ぶわけにはいかない。

一度でも呼んでしまえば、私は彼に無限に甘えてしまうだろう。

それだけは絶対にダメだ。

ごめん、浅村くん。


でも、浅村くん——と呼ぶたびに、心の奥底から、兄と呼ぶのとは別の何か言いようのない感情が込み上げてくる。

いままで感じたことのない気持ちで、自分でも感情に名前をつけられない。

気づいたら浅村くんを意識してる。

モヤモヤする。

最近は布団をかぶっても、なかなか寝つけない。

スマホで心を落ち着かせる音楽を流して、ゆっくり脳味噌を癒やしていかないと、手足の強張りはほぐれない。音楽の力に頼らないと眠ることさえできないなんて、自立して生きようとしてるくせにって、自分で自分が情けない気持ちになる。

……これって、なんなんだろう。ほんとに。

三河ごーすと　あとがき

　小説版「義妹生活」を手に取ってくださった方々、ありがとうございます。ＹｏｕＴｕｂｅ版の原作&小説版作者の三河ごーすとです。本業はこうして小説を書いて読者の皆さんにお届けすることなのですが、今回もう一歩踏み込んで皆さんの生活に寄り添うような作品づくりに挑戦しました。作品の内容そのものも、ドラスティックでドラマティックな作為性の強いものではなく、あくまで浅村悠太、綾瀬沙季といった人物が送る日常を一日ごとに丁寧に、それでいて、確かな変化を描いていくような形に。ＹｏｕＴｕｂｅチャンネル上でも動画コンテンツを定期的に公開するほか、朗読動画など、他にもいろいろな展開をしていくことで、彼らをより身近な存在に感じてもらえたらと思っています。

　謝辞です。イラストのＨｉｔｅｎさん、綾瀬沙季役の中島由貴さん、浅村悠太役の天﨑滉平さん、奈良坂真綾役の鈴木愛唯さん、丸友和役の濱野大輝さん、動画ディレクターの落合祐輔さんや宣伝担当さんをはじめＹｏｕＴｕｂｅ版のスタッフの皆さん、本著に関わってくれたすべての関係者の皆さん、おかげさまでここまで来れました。ありがとうございます！

　そして読者の皆さん。動画ファンの皆さん。引き続き、「義妹生活」を末永く応援してくれると嬉しいです。

はじめまして。イラスト担当のHitenです。
義妹生活小説版発売おめでとうございます!
こんな豪華な方々が関わっている作品に
参加できて光栄です…。
YouTubeでは自分のイラストに
声を当てていただける幸せを
毎度噛み締めています。
本当にありがとうございます…!
これからも一読者として今後の展開を
楽しみにしています!

イラスト
Hitenあとがき

綾瀬沙季役

中島由貴あとがき

『義妹生活』の小説を手に取っていただき
ありがとうございます!!
YouTubeで展開されていた世界が、
こうして小説の中でも繰り広げられるなんて……!!
とっても感動ですっ!
沙季を担当させていただくことが決まったとき、
本当に嬉しくて、作品もどんどん大きくなっていけば良いなーなんて
思っていたら、皆さんのおかげで、
色んな沙季ちゃんや浅村くんの姿が
見ることができて、本当に嬉しいです!
今回の小説は、動画とはまた違うストーリーが
展開されていたと思います!
「こういう世界観の『義妹生活』も良い……!!!!」
「沙季、浅村くん、真綾、丸くんのセリフが聴こえる……!!!」
となっていただければ、とても嬉しいです!
また、小説から入った方は、
ぜひ、YouTube版の『義妹生活』を
堪能していただければなーと思います!
これからも沙季ちゃんのキャラを崩さず沢山遊んで、
魅力を引き出せる様に頑張りたいなと思います!
この4人の物語を
これからも応援して下さいね!

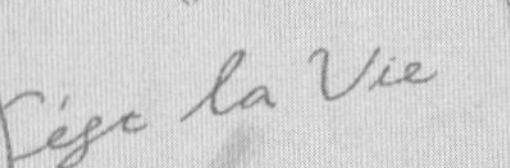

Message02

浅村悠太役

天﨑滉平あとがき

『義妹生活』最後まで読んで下さり、
本当にありがとうございます!!
僕が書いたわけじゃないので、どの口が言ってんだ??
ですよね……スミマセン
ただ、元々YouTubeでスタートした『義妹生活』、
始まった当初から浅村悠太を演じさせて頂いている自分としては、
本当に本当に嬉しいです。
これを書かせて頂いている時点では、時系列的にまだ小説を読んでいないので、
早く読みたくて仕方がないです!!
昔から小説やゲームで主人公の台詞を声に出して読んで楽しんでいたのですが、
『義妹生活』の場合は、僕が公式の声なんだ!
やったー!!　と、なんか浮ついた気持ちになってます、1年目かッ!!
それぐらい嬉しいです。
YouTubeの方も、毎回とっても楽しく演じさせて頂いているので、
引き続きの応援よろしくお願いします!!
いいねボタンとチャンネル登録、そしてコメントも毎回めちゃくちゃ嬉しいです☆
よろしくお願いします!!

そして!　夢をひとつ!!

いつか、小説版の浅村くんをまるっと演じられる機会に恵まれたら、
最高に幸せだなぁ!!
それと!　『アニメになって動いている彼ら』が観れたら至上の喜びだなぁと!
そう思ってます!!

夢、2つでした。

最後になりましたが、『義妹生活』は皆さんからの応援にいつもチカラを頂いています。
本当にありがとございます!
これからも何卒よろしくお願いします!!

Message03

奈良坂真綾役

鈴木愛唯あとがき

突然ですが!
人を楽しませるのって難しいですよね!(突然!)
声を当てさせていただいた奈良坂真綾ちゃんは、
いつも周りを楽しませていて、本当にすごいです!
尊敬しています!!
初収録のとき、スタッフさんに
「真綾は、楽しませる役割なので!」と言われ、
「なんて尊い役割なんだ真綾ちゃん……!」と
感動したことをずっと覚えています……。
声をやらせていただいていることが誇りです。
真綾ちゃんだけでなく、
『義妹生活』の登場人物はみんな、
相手のために努力できる人達だ……!
と思っていて、本当に尊敬しています……。
そんな素敵な人間性あふれる義妹生活、
1ファンとしても、
これからもますますのご発展を楽しみにしています!
読んでくださった読者様も、よろしければ一緒に!
見届けてください!!
いぇ――い☆

Message
04

丸友和役

濱野大輝あとがき

この度は丸友和1st写真集
『Tomokazu in 台湾』をご購入いただき
ありがとうございます。
これもファンの皆様の応援あってこs……
え?……違う?
違うし出す予定もないってどういう……
じゃあ、これ何のコメントですか?
えっ?! 『義妹生活』が書籍化?!
すげぇえ!!! 本当におめでとうございます!
YouTubeを飛び出し、
キャラクターたちがどんな物語を紡いでいくのか。
その中で、どう成長して行くのかがとても楽しみです。
僕自身、書籍の物語を読み込んで、
よりキャラクターの理解を深めて
演技に挑んでいきたいと思います!
YouTubeチャンネルの応援も
引き続き宜しくお願い致します!

2021年
3月25日発売予定!

倒れそうになるほど根を詰めて勉強に励む沙季を心配し、
支えになろうと考えた悠太は、
彼女の勉強環境を整えたり、集中できる音楽を探したり、
さまざまな工夫を凝らしていく。
等身大の〝兄妹関係〟を
描いた恋愛生活小説。
第2弾。
しかしそれと時を同じくして、
悠太はバイト先の先輩である美人女子大生・読売栞から
デートに誘われる。
その事実を耳にしたとき、
沙季の心に浮かび上がった〝ある感情〟とは……？

『義妹生活』第二巻

生活
チャンネル登録
https://www.youtube.com/channel/
UCOQyW7GmCyTKwjCJEaTBWRw

『義妹生活』YouTube

MF文庫J

義妹生活

2021年1月25日 初版発行
2023年7月10日 12版発行

著者 三河ごーすと

発行者 山下直久

発行 株式会社KADOKAWA
〒102-8177 東京都千代田区富士見2-13-3
0570-002-301（ナビダイヤル）

印刷 株式会社広済堂ネクスト

製本 株式会社広済堂ネクスト

Printed in Japan ISBN 978-4-04-064726-5 C0193

◇◇◇

【ファンレター、作品のご感想をお待ちしています】
〒102-0071 東京都千代田区富士見2-13-12
株式会社KADOKAWA MF文庫J編集部気付「三河ごーすと先生」係 「Hiten先生」係